내 인생의 혼란을 사랑하는 법

방석 위의 열흘

내 인생의 혼란을 사랑하는 법

방석 위의 열흘

최예신 지음

당신에게 전하는 '글로 읽는 명상'

마인드빌딩

프롤로그

길이 실없이 끝날 때

하나

기억하건대 서늘한 바람이 불어오던 가을밤이었다.

늦은 밤, 회사 동료들과 어울려 신나게 놀고 집으로 돌아가기 위해 택시를 기다리던 중이었다. 회사 앞 사거리 8차선 도로 위로 자동차들이 시끄러운 소리만을 남기며 내달리고 있었다. 택시는 오지 않았고, 몇 시간 동안 마셔댄 술로 취기가 올라 있었다. 몸에 힘이 없었고, 정신이 멍했다. 동공이 반쯤 풀린 채 자동차들을 바라보고 있던 그때, 불현듯 어떤 생각이 떠올랐다.

'변하지 않는 가치는 없나?'

의미를 찾기에는 너무 의미 없이 살고 있던 그때가 시작이었다. 당시 내 삶은 겉으로 보기엔 전혀 문제가 없었다. 아니, 다른 이들이 보기엔 아주 잘나갔다. 일, 엄청나게 열심히 했다. 술, 엄청나게 열심히 마셨다. 인정, 좋은 눈치와 강한 추진력으로 일 잘하는 사람이라는 인정을 잔뜩 받았다. 진급, 당연히 빨랐다. 날 부러워하는 사람이 가득했다.

그런데 정작 나는 한숨이 잦아졌다. 알코올 중독자처럼 술을 마셨고 손을 떨었다. 담배와 커피를 달고 살았다. 술과 담배, 늦은 퇴근만 해도 나쁜데 운동도 안 했다. 그때의 내게 운동은 당구대 주위를 왔다 갔다 하는 것이 전부였다. 술, 담배, 불규칙한 생활 때문에 생긴 고지혈증은 급기야 당뇨로 발전했다. 일상적으로 어지럼증을 느꼈으며, 또 이유 없이 불안하고 두려웠다. 불안과 두려움 때문에 남들 앞에 서는 것이 어려웠다. 역할 때문에 무언가를 발표해야 할 때면, 불안이 온몸을 잠식해서 머릿속이 하얗게 되는 경우가 생기기 시작했다.

그런 모든 상황에도 불구하고, 나는 변하지 않았다. 늘 같은 생활을 반복했으며, 원치 않는 일을 의무감 때문에

꾸역꾸역 했다. 늘 피곤했으며 우울했다. 현재가 불안하고 미래가 두려웠다. 겉모습은 말짱해 보였다. 하지만 내 영혼은 점점 더 작아지고 있었다. 자존감마저 영혼의 크기만큼 작아졌을 무렵, 집으로 가는 버스에서 '마음수련'이라는 간판을 봤다. 마음이라는 것이 수련이 되는 건가, 하는 생각을 하며, 반짝이는 간판을 오랫동안 바라봤다.

내가 필요로 하는 것들이 나를 당긴다고 했던가? 의미 없는 생활에서 의미를 찾던 나는 마음에 관한 책들을 접하기 시작했다. 마음과 치유에 대한 책이 눈에 들어왔고, 급기야 손도 안 대던 책을 출퇴근 지하철에서 읽기 시작했다. 마지막으로 책을 읽은 게 언제인지도 모르는데!

손에 잡히는 대로 읽던 중에, '고엔카의 위빠사나 명상'이라는 책을 읽었다. 솔직히 내용은 기억나지 않는다. 어려웠고, 재미가 없었고, 하품이 나왔고, 당장 던져버리고 싶었지만 그래도 끝까지 읽었다. 책 끝머리에는 고엔카의 위빠사나를 수행할 수 있는 담마코리아 명상 센터의 홈페이지 주소와 운영 규칙이 적혀 있었다. 센터의 명상 코스에 들어가면 열흘 동안 말없이 명상만 해야 하며, 기부로 운영되고, 한 번 들어가면 열흘 동안 절대 나오지 못한다고 적혀 있었다. 나는 책을 덮어버렸다. 열흘간 말을 못 하면 입에 곰팡이 피겠네.

둘

매년 11월이면 회사의 임원 인사에 대한 무수한 소문들이 나돌았다. 내가 임원이 되기 전에는 그런 가십거리에 끼어들어 누가 잘리고, 진급한다는 등의 소문에 관심을 가졌다. 하지만 19년 11월에는 그럴 수 없었다. 그해 갑자기 임원이 되면서 혜성처럼 소문에 등장하게 되었기 때문이다.

불안했다. 초짜 임원은 무난하게 한 해는 더 가는 위치였다. 처음이기에 부족하더라도 한 해는 기회를 더 주기 마련이며, 1년이란 시간은 자신의 역량을 다 보여주기에 사실 짧았다. 그런데 불안했다. 불안이 씨가 된 건지, 예견을 한 건지, 나는 그해 11월에 보직 해임을 당했다.

처음 임원이 되었을 땐 아주 갑자기, 기대한 적 없는 임원이 되어 정신이 없었다. 겨우 정신을 좀 차릴 만할 때 갑자기 해임을 당해서 두 배로 정신이 빠져버렸다. 마치 직각으로 세워진 롤러코스터를 타고 올라가서 신나게 직각으로 하강한 기분이었다. 아주 인기 만점일 롤러코스터를 대기도 없이 타버린 셈이었다. 그러나 현실은 신나지 않았다. 임원 발령을 받을 때도, 해임을 당할 때도 내 의사는 전혀 반영되지 않았다.

"정치력이 있다고 생각해요?"

인사 임원이 해임을 통보하면서 물었다. 이제 겨우 1년도 안 된 사람에게 정치력 얘기를 하는 거냐고, 사내 정치를 없애려 노력하는 게 인사 임원의 역할이 아니냐고, 이 얼떨떨한 롤러코스터 운영에 대한 충격을 담아 아주 강하게 항의를 했다,

는 아니고, 사실은 한마디도 못 한 채 해임을 받아들였다.

막상 해임 당하고 나니 할 일이 없었다. 며칠 전만 하더라도 하루에 일고여덟 개 회의를 쫓아다녔지만 이제 회의 따위는 없었다. 아무도 찾지 않았다. 자연스럽게 집무실 문을, 내 가슴을 닫아걸었다. 열어줘도 올 사람이 없었다. 공기청정기 돌아가는 소리만 들리는 조용한 집무실 책상 위에 명언집이 놓여 있었다.

길이 너무 실없이 끝나버린다고 허탈해할 필요는 없어.

방향만 바꾸면 여기가 또 출발이잖아.

영화 <가을로>

언제부터 이 글을 책상 위에 두었는지. 글을 보는 순간 헛웃음이 나왔다. 여기가 또 출발이라니. 이제껏 달려온 길은 도대체 무엇이었는지. 허탈함이 밀려왔다. 어쩌면 내 삶은 심하게 잘못되어 있었을지 모른다. 내 삶임에도 불구하고 회사에서 있었던 발령부터 해임의 과정까지 내가 결정한 일은 없었다. 나는 그저 쓰이는 사람일까? 사람은 원래 그런 걸까? 폭력적이었다. 욕지거리를 내뱉고 싶었지만 욕할 힘도 없었다.

오랜만에 할 일이 없었고, 시간이 많았고, 회사에서 있었던 일들과 꼴도 보기 싫은 정치꾼들이 수시로 머릿속을 헤집고 다녔고, 잠은 오지 않았고, 눈은 충혈되었으며, 한숨이 길게 나왔다. 내가 할 수 있는 일은, 하고 싶은 일은 그저 잠수를 타는 일뿐이었다. 그렇게 나는 전라북도 진안군의 담마 코리아 위빠사나 명상 센터에 들어갔다. 센터에 입소하려면 6개월을 기다려야 했지만, 마침 취소한 사람이 있었다. 그러니까 입에 곰팡이가 피는지 안 피는지, 실험할 기회를 얻은 것이다. 나는 그런 면에서 꽤나 운이 좋은 편이었다.

아니, 어쩌면 운이 아니라 미리 준비된 시나리오였을지도. 삶에 우연이 어디 있겠는가.

셋

—

글을 쓰고 싶다. 명상을 하고 싶다.

센터에 들어온 지 며칠이나 지났을까? 열흘 정도 말을 안 해도 입에 곰팡이가 피지는 않는다는 걸 알았을 즈음이었다. 앉았다 날아오르기를 반복하는 참새들의 파닥이는 날갯짓 소리를 들으며 명상 센터 마당을 걸을 때였다. 갑자기 내 안의 어디선가 목소리가 들렸다. 머릿속에서 들리던 수많은 생각의 지껄임과는 다른 목소리였다. 그것을 소명이라고 해야 할까.

센터에서 나온 후, 내면의 목소리에 따라 글을 쓰고 명상을 하고 있다. 사람의 마음에 관심을 가지고 불안과 우울, 심리적 문제에 빠진 사람을 돕기 위한 사업을 시작했다. 나는 스타트업의 경영자가 되었으며, 이 책을 쓴 작가가 되었다.

이 책은 시중에 출간된 영성이나 방법을 다룬 명상 서적들과는 다르다. 영성을 다룬 책들은 다소 추상적인 경우가 많아 가끔은 학생이 된 기분이 든다. 지겨운 공부를 하는 기분이랄까. 치유 에세이 책도 많이 있다. 이미 그런 종류의 책은 많이 있으니, 나까지 그런 책을 쓸 필요는 없을 것이다.

번드르르하게 말했지만 사실 영성이나 방법을 글로 쓸 정도로 명상 전문가가 아니다. 명상의 효과를 톡톡히 본 평범한 사람으로, 나의 명상 경험을 사실감 있게 전달하는 글을 썼을 뿐이다. 구체적이며 실감 나게 써나가려 노력했다.

명상을 할 때면 과거의 기억을 헤집고 다니는 경우가 많다. 눈 감고 할 일이 뭐가 있겠나. 아무리 호흡이나 피부의 감각을 느끼기 위해 집중한다 해도, 옛 기억이 떠오르는 건 피할 수 없다. 원래 사람은 좋은 기억보다 나쁜 기억이 많지 않은가. 대부분 상처다. 눈물이 찔끔 나는 이야기도 글로 썼다. 망할 놈의 자의식(어려운 말로, 에고)을 버려야 쓸 수 있는 내용이다. 자의식에 가득 찬 상태로 지금은 존재하지도 않는 과거의 나를 미화하고 자랑하지 않았다. 그래도 혹시 그렇게 느껴지는 내용이 있다면 원래 생겨 먹은 게 그러하니, 넓은 마음으로 이해해 주길 바란다.

나의 엄마, 형제들께 감사드린다. 당신들의 사랑이 없었다면 나도 없었을 것이다. 사랑하는 아희, 인리, 우지에게 고맙다. 이번 생에 당신들과 가족을 이룬 것은 가장 큰 행운이다. 인생 멘토이신 오병곤 선생님께도 감사드린다. 일일이 열거하기 어려울 정도로 감사한 분들이 많다. 모두에게 감사 인사를 드린다. 또한 내게 우연하지 않은 사건들을 펼쳐준 삶에게 말로 표현할 수 없을 정도의 무한한 감사를 보낸다. 기꺼이, 당신이 앞으로 내게 펼쳐주는 것들을 받아들이겠다는 마음과 함께.

프롤로그 5

1. 도착 17

1.1 각양각색
1.2 노을에 빠져
1.3 명상을 접하다

명상이란 무엇인가?

2. 첫째 날 43

2.1 시작의 종소리
2.2 더디고 빠른
2.3 호흡의 본질

명상은 일상에서 도망치는 행위인가?

3. 둘째 날 65

3.1 마음과 생각
3.2 바다와 파도
3.3 야생 코끼리

명상이란 생각하는 일인가?

7. 여섯째 날 155

7.1 면담
7.2 삶이 데려온 곳
7.3 근원

알아차린다는 말

8. 일곱째 날 177

8.1 300보 마당
8.2 미세한 감각
8.3 좋은 삶

명상은 수면과 같은 것인가?

9.여덟째 날 199

9.1 고양이의 영토
9.2 저마다의 십자가
9.3 위대한 침묵의 밤

명상으로 상처를 치유할 수 있을까?

4. 셋째 날 87

4.1 들숨과 날숨
4.2 어느 날의 툇마루
4.3 고름 덩어리

호흡에 주의를 기울이는 이유

5. 넷째 날 109

5.1 7센티
5.2 옥상 칼싸움 사건
5.3 어떤 틀

명상 중에 호흡이 거슬린다면

6. 다섯째 날 133

6.1 나물 반찬
6.2 춤을 추듯
6.3 한 톨의 찌꺼기

명상, 잘하고 있는 걸까?

10. 아홉째 날 219

10.1 6과 46
10.2 반성문
10.3 미네르바의 올빼미

반응하지 않기

11. 열흘째 날 239

11.1 나를 위한 방석
11.2 마지막 저녁
11.3 언제나 둥근 달

좋아하는 일, 명상으로 찾을 수 있을까?

12. 출발 259

12.1 집으로 가는 길

에필로그 265

1. 도착

1.1 각양각색

담마 코리아. 택시가 멈춘 곳은 높고 큰 갈색 대문 앞이었다. 활짝 열린 대문 옆에는 영어와 한글로 적힌 '담마 코리아' 푯말이 있었다. 택시비가 네이버 길 찾기에서 안내한 비용보다 많이 나왔다. 괜히 택시를 탔다고 생각이 들었다. 시작부터 한심했다.

조용한 마을이었다. 개 짖는 소리와 닭 우는 소리, 새 소리와 바람 소리만 들릴 뿐이었다. 여느 시골 마을처럼 주민이라고는 할머니, 할아버지밖에 없을 듯했다. 하지만 명상 센터는 예외였다. 센터 안에는 몇몇 명상 수행자들의 모습이 보였다. 비니를 쓴 외국인들도 보였다. 자전거를 타고 왔는지, 삼십 미터는 족히 넘어 보이는 커다란 느티나무 아래에 자전거 두 대가 세워져 있었다. 자전거를 타고 여기까지 오다니, 외국인들이란 용감한 걸까? 혹시 명상 선생인 건 아니겠지? 영어로 수업하면 어쩌지? 그런 쓸데없는 생각이 어느새 택시비 생각을 밀어냈다. 어쩌다 이곳 낯선 명상 센터까지 와서 많지도 않은 택시비에 투덜대며, 아무 관계도 없는 외국인을 보면서 영어 울렁증을 느끼고 있는 것인지. 한숨이 절로 나왔다.

안내를 받아 들어간 사무실에서는 이미 홈페이지에 입력했던 서약서를 다시 써야 했다. 얼마나 어려운 일이기에 두 번씩이나 서약하는 것인지 궁금했다. 몇몇 규율이 눈에 들어왔다.

취하게 하는 것을 먹을 수 없다.

핸드폰이나 컴퓨터와 같은 전자기기를 쓸 수 없다.

절대로 말을 해서는 안 된다.

진지하게 명상에 임할 것인가?

포기하지 않을 것인가?

다른 수행 방법과 병행하지 않을 것인가?

말을 하면 안 된다, 에서 시선이 멈췄다. 말을 별로 하고 싶은 기분도 아니고, 누구 아는 사람이 있는 것도 아니었지만, 과연 말을 안 할 수 있을까 걱정이 들었다. 나는 반신반의하며 서약서에 사인했다. 책과 노트, 지갑, 돈, 휴대폰, 아내가 챙겨준 과자와 비타민까지 모든 것을 개인 사물함에 넣고 열쇠를 사무실에 반납했다. 연락할 것도, 기록할 것도, 읽을 것마저도 없었다. 아무것도 가진 게 없었다. 어떻게 살지? 걱정이 올라왔다. 그러나 금세 체념했다. 단절을 받아들였다. 지금껏 살아왔던 익숙한 것들과 결별했다.

번호표 21번. 모든 것을 맡기고 받은 것은 식사, 침실, 명상하는 자리의 번호였다. 나는 번호표를 받아 들고 센터 마당에 서서 12월 초의 따뜻한 햇볕을 느꼈다. 눈을 감고 숨을 깊게 들이쉬었다. 콧구멍을 통해 차가운 공기가 들어왔다.

차가운 공기가!

놀랐다. 비염으로 늘 막혀 있던 왼쪽 콧구멍으로 깊게 숨이 들어왔다. 상쾌한 바람에 그간 쌓인 마음의 피로가 시원하게 날아가는 듯했다. '이곳에 오길 잘했다'라는 소리가 마음에서 들려왔다.

그즈음 나는 제대로 된 잠을 자지 못했다. 그해 봄에 갑자기 임원으로 발령을 받았고, 또 그해 11월에 갑자기 보직해임을 당했다. 겨우 봄부터 늦가을까지 일어난 일이었다. 갑자기 임원이 되었을 때도, 갑자기 해임되었을 때도 걱정과 좌절에 빠져 한숨을 지어야 했다. 회사에서 있었던 일들과 꼴도 보기 싫은 인간들이 머릿속을 점령했다. 이랬더라면, 저랬더라면 하는 생각들이 끊임없이 머릿속에 올라왔고, 자책하고 또 자책했다. 당연히 잠을 잘 수 없었다.

자책이 심해지면서, 괜히 아내에게 심술을 부렸다. 아이들에게 짜증을 냈다. 그들 탓이 아님에도 불구하고 그들 탓이라는 마음이 돋아나기도 했다. 돈을 벌었다는 알량한 자존심 또는 돈 버는 기계였다는 쓸데없는 피해의식 때문이었으리라. 기껏 돈 때문에.

감정이 널뛰었다. 이미 지난 일이라 생각하다가도 억울하다는 마음이 들기도 했고, 하기 싫던 일 안 하게 되어 잘 됐다는 생각을 하면서도, 이제껏 내가 쌓아온 것들이 남들에 의해 폭력적으로 무너진 것에 화가 치밀어 오르기도 했다.

잔뜩 쭈글어들어 누군가와 함께 있기 어려운 마음 상태였다. 홀로 있고 싶었다. 그래서 선택한 곳이 바로 명상 센터, 담마 코리아였다. 담마 코리아는 1년 전에 명상을 배우고 싶어 신청했던 명상 센터였다. 하지만 갑작스레 임원 발령을 받으면서 6개월간이나 기다렸던 4월 입소 일정을 취소해야만 했다.

"마침 취소한 사람이 있네요."

그리고 11월 말, 이번에야말로 정말 열흘 동안 센터 안에서 지내면 곰팡이가 필지 확인하고 잠수도 타버리자는 마음으로 입소를 다시 문의했다. 12월 명상 일정에 마침 취소한 사람이 있어 생각보다 쉽게 참여할 수 있었다. 적어도 6개월은 기다려야 할 줄 알았던 일이 이렇게 풀리다니. 이걸 우연이라고 할 수 있을까.

사람들의 발걸음 소리가 들렸다. 나는 감고 있던 눈을 떴다. 자주색 캐리어를 끌고 오는 긴 파마머리의 여자, 80리터 대형 등산용 회색 가방을 짊어지고 오는 젊은 남자. 육십 대 남편과 함께 검은색 그랜저, 내가 회사에서 받았다가 해임 당하며 뺏겨버린 빌어먹을 그랜저를 몰고 온 멋쟁이 아줌마, 왜소한 체격에 허리가 굽은 새하얀 머리의 할아버지. 동글동글 뽀송뽀송한 얼굴의 군인. 각양각색이었다. 몸도 불편해 보이는 할아버지를 이곳에 오도록 한 것은 도대체 무엇이며, 군복을 입고 온 친구는 무엇 때문에 여기 있는지. 말만 할 수 있다면 슬쩍 물어보고 싶었다. 너 참 한심하구나. 자기 일도 못하면서 남의 일이나 신경을 쓰는 나를 나무라는 목소리가 들렸다.

나는 깊은 한숨을 내쉬었다. 욕지거리가 목구멍까지 올라왔다. 젠장맞을 서늘한 바람이 불어왔다. 커다란 느티나무가 흔들렸고, 새들이 울었고, 바람에도 불구하고 초겨울 햇볕은 따뜻했다. 각양각색의 사람들이 모여들고 있었고, 센터 여기저기에는 이들을 위한 규율이 붙어 있었다.

Great Silence, 위대한 침묵이라는.

1.2 노을에 빠져

느티나무 아래, 표어처럼 붙어 있는 '위대한 침묵'이 눈에 들어왔다. 위대한 침묵이라니. 침묵하면 손해만 보는 세상 아니었나.

나는 말을 하고 싶었다. 내 말을. 하지만 순발력이 뛰어나지 않았다. 어릴 때는 대화 중에 자연스레 끼어드는 친구들이 부러웠다. 회사에서는 자기 말을 똑똑히 하는 사람들, 눈치 빠르게 상사가 듣기 좋은 말을 하는 사람들이 부러웠다. 특히 듣기 좋은 말은 도대체 어떻게 하는 것인지. 하려고만 하면 얼마나 속이 배배 꼬였는지 몰랐다. 그래도 꼬이는 속을 꾹 참고 어설프게 그걸 해왔다.

종소리가 울렸다. 여기저기 흩어진 사람들이 센터 마당

으로 모여들었다. 종소리와 함께 명상 코스에 대한 오리엔테이션을 곧 진행하겠다는 안내자의 말이 뒤따랐다. 안내자가 말하는 소리 외에 사람의 목소리는 하나도 들리지 않았다. 그저 바람 소리와 새소리, 개 짖는 소리뿐.

오리엔테이션은 식당에서 열렸다. 코스의 매니저를 맡은 밝은 표정의 청년이 센터에서의 생활에 대한 전반적인 내용을 안내했다. 명상 수행자의 생활을 도와주는 분과 음식을 만들어줄 또 다른 사람들이 인사를 했다. 모두 자원봉사자들이었다. 자원봉사자라니. 생업이 있을 텐데, 어떻게 이곳에 와서 자원봉사를 하는 것인지. 도대체 저 사람들은 뭘까, 라는 생각을 하는 사이에 매니저가 말했다.

"명상 코스가 어떻게 진행되는지 고엔카 선생님의 영상으로 안내해 드리겠습니다."

불이 꺼지고 식당 안이 어두워졌다. 작고 낡은 스크린에 백발의 통통한 할아버지와 이마에 점을 찍은 할머니의 모습이 나타났다. 할아버지는 깊은숨을 내쉬며 눈을 떴다. 길게 늘어진 눈, 아래로 처진 입, 코에서 입꼬리까지 내려온 굵은 주름이 선명했다. 고엔카 선생이었다. 고엔카 선생이 천천히 영어로 말하기 시작했다.

「해탈은 토론이 아닌 수행을 통해서만 성취할 수 있습니다.」

고엔카 선생의 첫 말이었다. 해탈이라는 말을 듣자마자, '해탈이라니, 잡념도 못 없애는데.'라는 생각이 들었다. 뜬구름 잡는 이야기 같았다. 집중이 어려웠다. 끝없이 잡념이 올라오는 내 상태와는 관계없이, 고엔카 선생의 말이 계속 이어졌다.

「이 코스에서, 일상의 원활한 흐름을 방해하는 편견과 긴장으로부터 마음을 자유롭게 하는 방법을 배울 것입니다. 그 배움을 통해서 매 순간 평화와 행복이 함께하며 생산적인 삶을 사는 방법을 발견할 수 있을 겁니다.」

그는 들이쉰 숨을 내쉬며, 다시 말을 이어 나갔다.

「동시에 마음이 정화되고, 모든 고통으로부터 자유를

얻고, 완전한 깨달음을 향해 나아가기 시작합니다. 이것은 인간이 바라는 최상의 목표입니다. 쉽게 얻을 수 있는 것이 아닙니다. 목표에 도달하기 위해서는 진지하게 수행해야 합니다.」

고엔카 선생은 열흘 동안 명상을 잘 수행하기 위해서는 반드시 지켜야 한다는 말과 함께 몇 가지 주의사항을 말했다.

「첫째, 수행이 중요합니다. 따라서 이론적 논쟁이나 철학적 토론은 허용하지 않습니다. 자신의 경험과 관련 없는 어떠한 질문도 허용하지 않습니다. 질문 또한, 스스로 답을 찾도록 노력해야 합니다. 지도법사가 수행을 가이드하지만 실제 수행하는 것은 여러분입니다. 여러분은 자신과의 싸움을 치러야 하고 그 싸움에서 자신을 구원할 방도를 스스로 찾아야 합니다.」

「둘째, 여러분이 다른 종교를 가지고 있거나 다른 명상법을 수행했을 수 있습니다. 그러나 센터에서 명상할 때는 다른 수행 방법을 사용해서는 안 됩니다. 말을 타고 있는 사람이, 어제 소를 탔던 걸 생각해서는 안 됩니다. 진지하게 현재에 집중하며, 위빠사나[1] 명상을 수행해야 합니다.」

「셋째, 위대한 침묵을 지켜야 합니다. 불편할 수도 있습니다. 하지만, 말을 하기 시작하면 다른 수행자를 신경 쓸 수밖에 없고, 서로 수행의 성취도를 비교하게 됩니다. 진지하게 명상할 수 없습니다.」

고엔카 선생의 말이 이어지는 와중에도 내 머릿속은 시끄러웠다. 주로 꼴도 보기 싫은 인간들이 머릿속을 차지했지만 고엔카 선생의 옆에 앉은 노부인은 누구인지 궁금증도 들었다. 선생과 닮은 것으로 봐서는 아내인 듯했다. 부부란 오래 살면 닮기 마련이니까. 노부인이 오른쪽 볼을 긁적이며 하품을 했다. 선생을 바라보는 그녀의 눈빛이

1 위빠사나Vipassana는 팔리어로 '꿰뚫어 봄' 혹은 '통찰'을 의미한다. 불교 고유의 명상법으로 관조, 관찰을 행하며 통찰과 알아차림, 놓아주기를 실행한다. 이를 통해서 존재의 세 가지 특성인 무상無常, 고통, 무아無我를 깨닫는 데 방점을 둔다.

'말 많네' 말하는 듯했다. 아내의 눈빛에도 아랑곳하지 않고 선생은 그저 인자한 미소를 지었다.

오리엔테이션이 끝난 후, 간소한 저녁을 먹었다. 모두 한 방향을 바라보며 자신의 자리에서 말 한마디 없이 식사를 했다. 그러나 무언의 대화가 여기저기 일어났다. 남의 자리에서 식사하는 아저씨들 덕에 손짓, 발짓과 눈빛이 교환됐다. 아저씨들은 정말이지 어쩔 수 없다는 생각에 고개를 저었다. 내 옆, 22번 남자는 다리를 꼬고 반찬이 이게 뭐냐는 투로 밥을 먹었다. 날카로운 눈매와 뾰족한 턱, 수염 몇 가닥이 나 있었다. 위대한 침묵을 해야 하는 이렇게 성스러운 곳에서 다리를 꼬다니, 생각했지만 위대한 침묵을 지키기 위해 조용히 밥을 먹었다. 절대로, 그가 성질이 있어 보여서 그런 건 아니었다. 20번은 체격이 컸다. 어깨는 둥그스름했고 배가 나왔으며 전반적으로 살집이 가득했다. 그는 오로지 허겁지겁 밥 먹는 데에만 신경을 썼다.

나는 식기를 씻고 마당에 나왔다. 벌써 어둠이 밀려와 있었다. 붉은 노을이 서쪽 하늘을 오렌지빛으로 물들였고 노을 아래 산들엔 어둠이 거뭇거뭇 드리우고 있었다. 하늘과 산, 느티나무와 논과 밭, 그리고 멀리 도로와 그 건너편 마을도 붉게 물들어 있었다. 사람들은 산책을 하거나, 벤치에 앉아 있었다. 말도 없고, 표정도 없는 그들의 얼굴 위에도 노을이 붉게 드리워졌다. 센터 전체가 붉은 노을에 빠진 저녁이었다. 활짝 열려 있던 대문은 어느새 굳게 닫혀 있었다.

1.3 명상을 접하다

식당을 기점으로 남녀 숙소 사이에 임시 벽이 생겼다. 마당을 길게 가로지르는 담 중앙 쪽문에 커다란 열쇠가 채워졌다. 사랑채와 안채처럼 남녀 숙소가 완전히 분리되었다.

식사를 마친 몇몇 아저씨들이 마당을 거닐고 있었다. 나도 마당의 산책로를 따라 걷기 시작했다. 식당 맞은편 남자 숙소에서 시작해 왼쪽으로 걸었다. 누런 잔디밭 끝에 낡은 센터 건물과는 대비되는 신축 건물이 보였다. 건물로 이동했다. 100보. 담마홀이라는 표지가 붙어 있었다. 그 옆으로 추수가 끝나 도넛처럼 돌돌 말린 볏짚만 외로이 있는 논밭이 펼쳐졌다. 그 끝에는 택시를 타고 달렸던 2차선 도로가 있었다. 파란색 트럭이 붕 소리를 내며 지나갔고 십자가를 밝힌 교회가 드러났다. 빛나는 십자가 뒤에는 어둠을 드리운 산이 누워 있었다.

다시 숙소를 끼고 왼쪽으로 돌았다. 정보화 마을. 마을과 어울리지 않지만 마을을 알리는 표지가 서 있었다. 개 짖는 소리가 고즈넉한 정보화 마을의 어둠을 찢었다. 한 마리가 울자 화답하는 소리가 여기저기서 들렸다. 아직은 목줄을 풀 수 있다는 희망을 품은 젊은 누렁이들이었을 터다.

정보화 마을 표지를 보며 다시 숙소를 끼고 왼쪽으로 돌았다. 50보. 길게 뻗은 담과 숙소 사이에 작은 회색 나무 몇 그루가 있었다. 그 사이로 수건 몇 장이 걸려 있었고 옆에는 화장실이 있었다. 화장실이 끝나는 지점에는 굳게 닫힌 대문이 다시 보였다.

숙소를 끼고 도는 데 총 300보가 걸렸다. 망할. 명상 센터가 너무 작아서 한 말이 아니었다. 여기까지 와서 이런 빌어먹을 숫자를 세는 내가 구제 불능이라는 자괴감이 올라왔다. 온갖 보고서에 올라온 숫자를 체크하며 지적을 해대던 내 모습이 떠올랐다. 팀장들이 써온 보고서에 가득한 숫자를 보며, 틀린 숫자를 경영진에게 보고하지 않을까 전전긍긍하던 옛날 그 모습처럼 발자국이나 세고 있다니. 명상을 왔으면, 그냥 명상만 잘하면 될 것을.

저녁 8시. 종소리가 들렸다. 명상 수행 방법을 안내하는 시간이었다. 코스 매니저가 담마홀 앞에 모여든 사람들의 번호를 하나씩 불러가며 자리를 안내했다. 21번. 내 번호를 불렀다. 홀 안으로 걸어 들어갔다. 희미한 전등 몇 개만 밝혀진 홀 안은 사람의 형체만 겨우 보일 정도로 어두웠다. 오십여 명의 수행자들은 일정한 간격으로 놓인 방석 위에 모두 엉덩이를 깔고 앉았다. 입소할 때 보았던 비니 쓴 외국인이 내 앞에 앉아 있었다. 명상 선생이 아니라 수행자였다.

수행법사가 홀 앞문을 열고 들어왔다. 조용히 자리에 앉은 그는 영어로 자신을 소개했다. 네팔인. 그는 도대체 왜 이곳에 왔을까. 네팔인 수행법사의 말을 통역이 부지런히 전달했다. 수행법사가 영상을 틀었다. 고엔카 선생과 이마에 점을 찍은 할머니가 다시 나왔다. 고엔카 선생이 긴 눈을 뜨며 말을 시작했다. 할머니도, 수행자들도 선생을 바라봤다.

「여러분은 내일 새벽부터 밤까지 열흘 동안 명상을 수행합니다. 어려운 도전입니다. 하지만 매우 진지하게 수행해야 합니다. 그래야 성취할 수 있습니다.」

도대체 명상을 하면서 무엇을 성취할 수 있다는 것인지 알 수 없었다. 선생은 인자한 미소로 계속 말했지만 나는 귀찮음과 두려움 사이를 헤매다 '도대체 어쩌다 여기에 있는 것인지, 나는 지금 무얼 하고 있는 것인지…'라는 생각에 다시 빠져들었다.

「저녁 단체 명상을 마치고, 8시부터 법문을 수행합니다. 법문에서는 붓다의 가르침을 폭넓게 보여주지만, 학술적이거나 분석적이지 않습니다. 매우 실용적이며, 역동적이고 일관성 있게 명상을 수행할 수 있도록 도움을 줄 것입니다. 그날그날의 명상을 돌아보고, 그다음 날 수행할 명상 방법을 가이드할 것입니다.」

이해하기 어려웠다. 그저 앉아 있는데 어떻게 실용적이고 역동적일 수 있단 말인가? 명상을 하면서 공을 차 넣을 수 있는 게 아닌 이상 동의할 수 없었다. 내가 이런 생각을 하든 말든, 선생의 말은 이어졌다.

「내일 명상은 호흡에 집중할 것입니다. 온종일 앉아서 명상을 수행하는 것이 익숙하지 않을 것입니다. 당연히 힘듭니다. 하지만, 진지하게 호흡에 집중해야 합니다. 들숨과 날숨을 알아차려야 합니다. 이를 위해서 여러분은 코에 집중해야 합니다. 호흡을 조절하지 않고, 어떤 종교적인 낱말이나 상상의 모습도 떠올리지 않습니다. 오로지 호흡만 관찰합니다.」

호흡을 관찰한다는 말은 또 뭔가. 눈에 보이지도 않는 호흡을 관찰하다니. 크게 심호흡을 했다. 이렇게 관찰하는 것인가?

「모든 존재가 행복하기를!」

호흡이라는 게 도대체 관찰할 수 있는 것인지 생각하는 사이에 법문이 끝나버렸다. 인자하게 웃고 있는 고엔카 선생의 모습이 화면에서 사라졌다. 수행법사의 안내에 따라 짧은 명상이 시작됐다. 나는 다른 이들을 곁눈질로 보며 손을 무릎 위에 올리고 눈을 감았다. 홀 안에는 위대한 침묵이 이어졌다. 그러나 내 마음은 전혀 위대한 상태가 아니었다. 이게 뭐 하는 짓인지. 이렇게 하는 것이 맞는 건지 틀린 건지 묻기 시작했다. 다리가 저리고 허리가 아프다고 불평했다. 이놈의 지겨운 명상이 언제 끝날 것인지 조급해졌다. 다른 사람들은 어떻게 하고 있는지 눈을 뜨고 보고 싶었다. 소란스러운 내 마음과 달리 홀 안은 조용하고 진지했다. 그 분위기, 에너지에 물들어 갈 즈음 명상이 끝났다.

모두 숙소로 돌아갔지만 나는 숙소를 끼고 걷기 시작했다. 느티나무에 걸린 초승달 뒤로 촘촘히 박힌 별빛이 하늘을 메우고 있었다. 부엉이 울음 뒤에 자동차 달리는 소리가 이어졌다. 개도 짖지 않는 밤이었다. 숙소를 한 바퀴씩 돌 때마다 수행자들의 방은 하나씩 어두워졌다. 얼마나 돌았을까, 모든 방의 불이 꺼졌다. 초승달과 별 그리고 가로등만 빛을 내고 있었다.

명상이란 무엇인가?

고요히 눈을 감고 깊이 생각함.

표준국어대사전에 적혀 있는 명상瞑想의 사전적 의미다. 매우 명쾌한 정의인 것 같지만 막상 명상을 해보면 도무지 명상이 무엇인지 알 수가 없다.

명상을 하다 보면 졸리기도 하고 머릿속에 온갖 잡생각들이 올라온다. 미처 처리하지 못한 일이나 친구들과 다투었던 일처럼 최근 있었던 사건·사고부터 아주 오래된 해묵은 기억들도 있다. 이런 부정적인 생각은 나쁜 감정을 동반한다. 특히 해묵은 기억에서 올라온 감정은 자신을 압도하여 마치 아직도 내가 그 시점에 있는 것처럼 느끼게 만든다. 감정에 압도된 상태로 명상을 끝내고 나면 도대체 눈을 감고 앉아서 무엇을 하고 있는지 자괴감이 들기도 한다.

이처럼 명상을 하면서도 명상이 무엇인지 알 수 없는 이유는 명상이 마음이라는 매우 사적인 영역을 탐색하고 이해하는 활동이기 때문일 것이다. 사람은 모두 우주를 하나씩 품고 있다고 하는데 그런 우주를 탐색하는 매우 개인적인 경험을 어떻게 한 문장으로 쉽게 정의 내릴 수 있을까?

그래서인지 명쾌한 사전적 정의보다 고도원 선생의 추상적인 정의가 더 와 닿기도 한다.

「명상瞑想이라는 한자는 '어둡다'라는 뜻과 '생각하다'라는 뜻이 합쳐진 말이다. 자신을 알지 못하면 어둡기에, 그 어둠 속에 머물러 자신을 알아가는 시간이 필요하다. 묻고, 헤매고, 넘어지고 또다시 물으면서 자신을 발견하는 행위가 바로 명상이다.」

명상을 종교적 활동으로 정의하는 이들도 있다. 힌두교나 불교의 영향이 워낙 크기 때문이겠지만 명상은 특정 종교의 활동이라고 할 수는 없다. 명상의 전통은 도교, 유교,

그리스 철학뿐 아니라 신비주의 기독교에서도 찾아볼 수 있다. 특히 최근에는 종교적 색체를 없앤 MBSRMindfulness Based Stress Reduction이나 MBCTMindfulness Based Cognitive Therapy 등이 많은 인기를 얻고 있다. 이들은 20세기 초·중반 인도 등지의 영적 지도자들이 북미로 이주하면서 전파한 명상에 과학기술을 접목한 방법으로, 명상으로 스트레스와 우울증 등의 감정을 치유하는 방법이다. 이들은 모두 명상을 다른 관점으로 바라보지만 '마음에 주의를 기울여 스스로 사색하고 다스리는 활동'이라는 점에서 같다.

마음을 다스리는 명상의 대표적인 수행 방법은 알아차림, 집중, 관찰이 있다. 알아차림은 현재의 내면, 외면의 상태를 자각한다는 뜻이다. 집중이라는 말은 고요하고 평정한 상태로 머무는 것을 뜻한다. 상태를 자각한 후 고요한 마음의 상태를 유지하는 것이 바로 집중이라고 할 수 있다. 관찰은 집중된 상태로 몸과 마음에서 일어나는 현상을 지켜보는 것을 말한다. 알아차리고 집중하여 관찰하면 몸과 마음에서 일어나는 현상에 즉각적인 반응을 하여 문제를 키우지 않을 수 있다. 또한, 자신의 내면 깊은 곳을 탐색하여 트라우마, 상처, 숨겨진 욕망 등을 찾아갈 수도 있다.

명상을 통해 마음을 다스리고 자신의 생각을 알아차리고, 왜 그런 생각을 자신이 가지게 되었는지 관찰한다면 트라우마, 상처 등 문제의 근원을 찾을 수 있다. 문제의 근원은 무의식 속에 내면화된 기억 혹은 패턴에 있을 수 있다. 현재 존재하지 않는 과거의 경험이 자신의 삶을 엉망진창으로 만들고 있음을 깨달으면 바로 거기에서 삶의 변화가 시작될 수 있다.

사람의 마음은 깊고도 넓다. 특히 마음속 무의식은 우주와도 같다. 우리가 우리 자신을 잘 모를 수밖에 없는 이유이기도 하다. 하지만 자신을 잘 모른다면 행복한 삶도 어렵다. 그렇기에 고도원 선생이 정의 내린 '묻고, 헤매고 넘어지며 또다시 물으면서 자신을 발견하는 행위인 명상'이 우리에게 필요하다.

2. 첫째 날

2.1 시작의 종소리

4시 30분. 새벽 명상을 위해 담마홀에 들어갔다. 수행자 대부분이 자리에 앉아 있었다. 내 옆자리의 20번은 이미 앉아서 명상에 빠져 있었다. 22번은 아직 나오지 않았다. 나는 새벽 한기를 피하기 위해 담요를 어깨에 두르고 방석 위에 앉았다. 곁눈질로 수행자들을 보며 그들처럼 눈을 감았다.

지난밤 머릿속을 헤집고 다니던 생각에 빠져 도무지 잠을 잘 수 없었다. 어릴 때처럼 울타리를 뛰어넘는 양도 세어보았지만 허사였다. 내게 모멸감을 주었던 빌어먹을 높은 분들과 말도 안 되는 상황과 사건 들이 머릿속을 채웠다. 수천 마리 양을 세도 잠들지 못하자 천장의 구멍 난 텍스를 세기 시작했다. 중학교 교실 천장에 사용된 텍스 같았다. 스릴러 영화의 한 장면처럼 구멍 난 텍스 아래로 무언가 툭 하고 떨어질 것 같은 느낌도 들었다.

젠장맞을. 도무지 잠이라는 걸 잘 수가 없었다. 몇 달 동안 이어지는 불면증은 여전했다. 이곳에 왔다고 마법처럼 잠이 오지는 않았다. 쉴 수 없는 내 몸을 영혼이 떠나기라도 하면 어쩌나 두려움에 빠졌다. 밤새도록 비몽사몽 헤맸다. 오히려 새벽 명상을 알리는 종소리가 반가웠다.

잠을 설친 탓에 머리가 지끈거렸다. 지난밤 법문 시간에 배운 것처럼 코에 집중하며 호흡을 느꼈다. 콧구멍을 타고 들어오는 차가운 공기가 느껴졌다. 배가 천천히 부풀어 올랐다. 한참 집중한 사이 어디선가 부스럭거리는 소리가 났다. 젠장. 22번이 들어왔다. 그는 자리에 앉고 나서도 한숨 소리를 냈다. 얘는 뭐지? 마음속 한편이 불편해졌다.

집중이 깨진 탓에 한참을 헤매다 다시 호흡에 집중했다. 얼마나 지났을까? 온갖 생각들이 일어났다. 회사 생각, 아내와 아이들 생각이 올라왔다. 어릴 때 생각이 났고 옆자리 22번이 거슬렸다. 이제 나의 일이 아님에도 머릿속에서는 남겨둔 일을 어떻게 할지 고민하고 있었다.

몸이 여기저기 불편해지기 시작했다. 목이 결렸다. 어깨에 힘이 들어갔다. 허리가 아프고 다리가 저렸다. 발목에 통증이 느껴졌다. 왼쪽 고관절이 묵직했다. 나도 모르는 사이에 오른쪽 어깨가 올라갔다. 목을 오른쪽으로 한 번, 왼쪽으로 한 번 쭉 늘렸다. 어디선가 신음 소리가 들렸다. 위대한 침묵도 신음을 막지는 못했다. 화답하듯 여기저기서 신음 소리가 터져 나왔다. 신음이 홀 안을 가득 메울 즈음 새벽 명상이 끝났다. 어느새 두 시간이 지나버렸다.

8시. 위대한 침묵을 지키며 간소한 나물 반찬과 밥을 먹은 후였다. 포만감에 만족하며 침대 위에서 잠에 빠져들 무렵 아침 명상을 알리는 종소리가 들렸다. 비몽사몽 멍한 채로 자리에 앉았다. 눈을 감았다. 22번 자리는 비어 있었다. 고엔카 선생의 목소리가 스피커에서 흘러나왔다.

「오늘 명상은 호흡에 주목합니다. 여러분은 들숨과 날숨을 알아차려야 합니다. 이를 위해, 코에 집중해야 합니다. 호흡을 조절하지 않습니다. 어떤 낱말이나 상상의 모습도 떠올리면 안 됩니다. 오로지 호흡만 관찰합니다. 이 수행법을 '아나빠나[2]'라고 합니다.」

「마음의 집중이 이 수행의 목표가 아니기 때문에 낱말이나 상상의 모습을 떠올리는 방법을 허용하지 않습니다. 집중은 더 높은 단계로 이끌기 위해 도움이 되는 단계일 뿐입니다. 마음을 정화하고 번뇌와 내면의 부정성을 제거하여 고통으로부터 해탈을 성취하는 것이 이 수행의 목적입니다.」

22번이 부스럭거리며 앉았다. 뺀질이 같은 22번에게 방해받고 있구나. 괜히 신경이 예민해졌다.

「호흡을 관찰하다 보면, 마음에 여러 가지 생각이 떠오를 수 있습니다. 앞뒤 순서 없이 떠오르는 생각에 완전히 빠져버리면, 호흡을 잊습니다. 그러다 문득 호흡을 놓치고 있다는 것을 알아차리게 됩니다. 그럴 때는 조용히 다시

2 아나빠나. 아나는 들숨, 빠나는 날숨을 말한다. 아나빠나는 아나빠니 사띠를 줄인 말로 호흡(아나, 빠나)을 알아차린다(사띠)는 명상 기법이다.

호흡에 집중하면 됩니다.」

고엔카 선생의 말씀이 끝났다. 부스럭거리는 소리 하나 없이 사람들은 조용히 명상에 잠겨 있었다. 나는 코에 주의를 기울이며 들숨과 날숨을 느꼈다. 하나, 둘, 셋, 넷. 차가운 공기가 코를 통해 들어온 후 가슴과 배가 순서대로 부풀었다. 다섯, 여섯, 일곱, 여덟, 아홉. 데워진 공기가 코를 통해 나가고 배와 가슴이 가라앉았다. 코에 집중하며 계속 호흡을 했다. 하나, 둘, 셋, 네… 고개가 툭 떨어졌다. 이게 아닌데. 머리를 흔들며 다시 호흡에 집중했지만 또 고개를 꾸벅거렸다. 순간순간 빠지는 잠이 달콤했다. 하지만 잠들지 않으려 오른쪽 다리를 슬쩍 내밀어, 반가부좌를 만들었다. 등을 쭉 펴고, 오른쪽 어깨를 올리며 목을 오른쪽으로 쭉, 왼쪽으로 쭈우욱 밀었다. 잠을 깨고 호흡에 집중했다. 하나, 둘, 셋, 넷. 숨을 들이쉬었다. 다섯, 여섯, 일고… 노력이 무색하게도 다시 고개가 떨어졌다.

“테이크 어 레스트, 포 파이브 미니츠.”

얼마나 졸았을까. 수행법사가 휴식 시간을 알렸다. 입이 찢어지게 하품을 하며 양팔을 뒤로 젖혀 기지개를 켰다. 굳었던 몸에 겨우 피가 흐르는 느낌이 들었다. 간밤의 피곤이 다 풀린 듯 개운했다. 오랜만에 느끼는 개운함이었다. 하나둘 자리에서 일어나는 수행자들을 따라 나도 밖으로 나갔다. 앙상한 느티나무 사이에 자리한 기다란 벤치에 앉았다. 늘어지게 하품을 하며 기지개를 켰다. 눈을 비비며 이렇게 졸아도 되나 하는 생각을 했다.

추수가 끝나 휑하게 펼쳐진 논이 아침 햇살을 받고 있었다. 참새들은 먹을 것도 하나 없을 것 같은 논에서 떼를 지어 앉았다가 날아오르기를 반복하고 있었다.

2.2 더디고 빠른

종소리가 울렸다. 갈색 비니를 눌러쓰고 눈을 반쯤 감은 채 햇살을 받던 중이었다. 벌써 5분이 지났다니, 이놈의 시간은 왜 이리 빨리 가는지. 수행자들과 함께 홀 안으로 들어갔다. 홀 안은 겨우 형체만 보일 정도로 어두웠다. 자리에 앉아 눈을 감고 더 깊은 어둠으로 들어섰다. 코를 통해 들어오는 호흡에 집중했다. 이전 시간에 잔뜩 졸았던 덕분에 개운한 상태로 숨을 들이쉬었다. 가슴이 살짝 올라오고 배가 부풀었다. 부풀었던 배가 들어가며 숨이 가슴을 지나 코를 통해 나갔다.

다시 호흡을 들이마셨다. 동시에 고엔카 선생의 말과 똑같은 일들이 일어나기 시작했다. 생각이 시간과 공간의 차원을 넘나들며 널을 뛰었다. 어느새 호흡은 온데간데없고 나는 쏟아지는 생각에게 마구 얻어맞았다. 어깨가 무거웠다. 통증이 올라왔다. 오른쪽 허리가 아팠고 왼쪽 고관절이 눌렸다. 반가부좌로 눌러앉은 다리가 저리기 시작했다. 왼쪽으로 몸이 살짝 기울어진 느낌이 들면서 '끙' 하는 소리가 입에서 흘러나왔다. 통증이 생각을 밀어냈다.

통증이 점점 강해졌다. 못 견딜 것 같았다. 자연스레 신음 소리가 흘러나왔다. 다른 수행자들도 마찬가지였던지 홀 안에서는 신음이 끊이질 않았다. 시계가 보고 싶었다. 도대체 이 시간이 언제쯤 끝날 것인지. 머릿속엔 제발 빨리 시간이 흘렀으면 좋겠다는 생각뿐이었다. 도대체 왜 이렇게 고통스럽게 앉아 있어야 하는지.

제발 빨리 시간이 갔으면 하고 바랐던 적이 있다. 열두 살 무렵의 여름 방학이었다. 이른 아침부터 동네 공터에서 친구들과 구슬치기를 하며 놀았다. 구슬치기가 지겨워지면 딱지치기를 했다. 숨바꼭질도 했고 기억도 나지 않는 이런저런 놀이를 하며 신나게 놀았다. "밥 먹어라" 하는 소리가 들리면 하나둘씩 집으로 돌아갔다. 나는 끝까지 남았다. 나를 부를 사람이 없었기 때문이다. 공장에서 일했던 엄마는 밤이 어두워서야 집으로 돌아왔다.

친구들이 모두 집으로 가고 홀로 남은 어느 날, 하늘을 올려다봤다. 여름. 해가 쨍쨍했다. 그렇게 오랫동안 놀았는데도 하늘은 여전히 파랬다. '이러다 언제 어른이 되나?' 시간이 너무나 길었다. 빨리 어른이 되고 싶었다. 자유롭게 살고 싶었다.

수행법사가 점심시간을 알렸다. 여기저기에서 해방의 한숨 소리가 들렸다. 드디어 고통의 시간이 끝난 것이다. 나는 저린 다리를 두드리며 피가 통할 때까지 앉아 있었다. 11시, 점심시간이었다. 식당으로 향하는 사람들의 발걸음이 가벼워 보였다.

10미터 앞에 춤을 추며 가는 사람이 있었다. 뭐야? 왼손 검지로 아래를 한 번 찌르고, 오른쪽 다리를 왼쪽 다리 쪽으로 슬쩍 교차했다. 다시, 오른손 검지로 아래를 한 번 찔렀다. 26번. 춤을 추던 친구가 앉은 식당 자리다. 중간 키에 다소 마른 체격, 머리카락이 삐죽삐죽 솟아 있으며 뾰족한 턱, 안경을 꼈다. 26번은 시선을 한군데 두지 못하고 연신 두리번거리며 사람들을 살폈다. 식판을 들고 가는 할아버지에게 꾸벅하고 인사를 했다. 26번의 입이 살짝 벌어졌지만 소리가 새어 나오진 않았다. 다행히, 위대한 침묵을 지켜낸 인사였다.

식사 후 침대에 쓰러졌다. '위잉' 하는 백색소음이 들려왔다. 어떤 전파가 방 안을 가득 메운 것이 분명하다는 생각을 하며 비몽사몽 잠에 빠져 있을 때, 오후 명상 시간을 알리는 종소리가 들렸다. 바쁜 걸음 소리, 문을 여닫는 소리가 사방에서 들릴 때가 되어서야 간신히 일어났다. 아, 쏜살같은 시간이라니.

한 시, 오후 명상이 시작됐다. 호흡에 집중하려 노력했지만 고통스러운 기억들이 올라오고 스러졌다. 마음의 고통보다 몸의 통증이 더 커질 무렵이 되어서야 휴식 시간이 주어졌다. 5분간의 짧은 휴식 후에 다시 긴 명상에 들어갔다. 반복.

다시 통증이 기억을 쫓아낼 때쯤 오후 명상이 끝나고 저녁 시간이 되었다. 저녁으로 나온 차 한 잔을 마시고 과일 몇 조각을 먹은 뒤, 어제와 같은 방식으로 산책을 했다. 남자 숙소를 왼쪽으로 끼고 돌아 담마홀까지, 다시 왼쪽으로 돌아 식당 앞까지. 마치 탑돌이처럼.

'이렇게 힘들어서야 어떻게 열흘 동안 명상을 할 건지…'

겨우 첫날인데 남은 날이 걱정됐다. 숙소를 끼고 몇 바퀴를 돌았을 즈음에 다시 종소리가 울렸다. 6시 30분. 어느새 노을이 드리워진 저녁이 왔다. 다시 명상이 시작되었다. 저녁 명상도 마찬가지였다. 잠깐 호흡에 주의를 기울였을 뿐 이내 고통스러운 기억에 빠져 헤맸다. 달라진 점이 있다면 양다리를 꼬아 앉던 반가부좌 자세를 평좌로 바꾼 것이다. 왼쪽, 오른쪽 다리가 겹치지 않는 평좌. 눈치껏 곁눈질로 배운 평좌 덕에 다리 저림은 덜 했다. 육체의 고통이 온몸을 지배할 즈음 홀 안 다른 수행자들의 신음 소리도 사방에서 터져 나왔다. 겨우 하루 만에 고통의 주기가 동기화 되어버린 것이다.

저녁 명상이 끝났다. 5분의 짧은 휴식 시간이 지나고 고엔카 선생의 법문이 시작되었다. 홀 안에 스크린이 내려왔다. 눈을 감은 고엔카 선생의 모습이 나타났다. 선생이 길게 늘어진 눈을 뜨며 인자한 웃음을 지었다. 약간은 장난스러운 표정의 할아버지 같았다. 웃고 있던 그가 입을 떼고 말하기 시작했다.

2.3 호흡의 본질

「첫째 날은 어렵고 불편했을 것입니다. 온종일 앉아서 수행하는 것이 익숙하지 않기도 하지만, 주된 이유는 오로지 호흡만 알아차리는 명상 수행 때문입니다.」

자신의 자리나 벽에 기대어 편하게 앉아 있던 수행자들이 모두 선생을 바라봤다. 나도 선생을 바라보았다. 인자한 할아버지의 모습이었다. 아이들이 좋아할 만한 푸근한 얼굴에 장난기가 있는 미소가 마음에 들었다.

어렸을 때 나는 할아버지가 없었다. 할머니도, 심지어 아버지도 없었다. 그들 누구의 얼굴도 기억이 나질 않는다. 할머니 할아버지가 언제 어떻게 돌아가셨는지 모르겠지만 아버지는 정말 일찍 돌아가셨다. 덕분에 아버지에 대한 기억이 딱 한 장면이다. 라면땅이라는 과자를 주며 높이 안아주던 한 장면, 그 장면이 전부였다.

「우리는 이 명상 수행을 아나빠나라고 부릅니다. 아나빠나를 하면서, 다시 말해 코에 집중하고 호흡을 알아차리면서 어떤 낱말이나 주문, 신의 이름을 암송하거나 신의 형상을 상상했다면 마음에 집중하기가 훨씬 쉬웠을 겁니다. 하지만 집중이 수행의 최종 목표가 아니기에 그런 방법을 사용하지 않은 것입니다. 수행의 최종 목적은 마음을 정화하고 정신적 번뇌와 내면의 부정성을 제거하여 고통으로부터 해탈을 성취하는 것입니다. 이를 통해 완전한 깨달음을 얻는 것이 수행의 목적입니다.」

무슨 말인지 하나도 이해되지 않았다. 아나빠나는 무엇이며, 호흡에 집중하기도 어려워 몇 초만 지나면 시간도 공간도 없는 곳을 헤매고 다녔는데 완전한 깨달음엔 어떻게 도달하란 말인지. 도대체 명상이 무엇인지, 무얼 하는 것인지 알 수 없었다. 고엔카 선생의 말이 이어졌다.

「이 수행은 삶의 기술을 배우기 위한 것입니다. 다른 이들과 함께 평화롭고 조화롭게 살며 최상의 행복을 위해 나날이 행복하게 사는 방법입니다. 부조화의 원인은 항상 내면에 있기 때문에, 자신의 실상을 탐구해야 합니다.」

「자신의 실상을 탐구하면서 자신을 깨닫고 진리를 깨달아야 합니다. 호흡은 이 여행의 시작점입니다. 호흡은 본질적으로 마음 상태와 밀접하게 연결되어 있어서, 마음에 번뇌가 들끓으면 호흡이 거칠어지며 비정상이 됩니다.」

호흡이 마음과 연결되어 있다니. 한 번도 생각해본 적이 없었다. 비염과 축농증을 달고 사는 탓에 나의 호흡은 짧고 거칠었다. 짧은 호흡은 여러 가지 문제를 만들었다. 운동할 때, 노래 부를 때, 남들 앞에서 발표할 때 심해졌다. 남들 앞에 설 때면 멋있게 말하고 싶었으나, 그때마다 호흡이 짧아졌고 나의 영혼은 더 작아졌다.

「오늘 여러분은 호흡과 함께 마음도 관찰했을 겁니다. 마음은 하나의 대상에 머물지 못하고 항상 떠도는 습관이 있습니다. 몸은 현재에 있으면서, 과거에 있었던 일을 생각합니다. 앞뒤 순서도 없습니다. 상대방의 비꼬는 말을 받아치지 못한 것을 후회하며, 다음에 만나면 혼을 내줘야겠다고 미래를 생각하는 게 마음입니다.」

부부 싸움을 예로 설명했다. 고엔카 선생의 표정은 재미있었고 말투도 재치 넘쳤다. 딱 한 명, 아무도 웃지 않는 홀 안에서 홀로 웃는 이가 있었다. 커다랗게 웃는 소리가 뒤에서 들렸다. 춤을 추며 길을 걷던 친구였다. 거슬렸다.

「수행의 첫걸음은 지금 이 순간 코로 들어오고 나가는 호흡을 통해 현재에 마음을 고정하여, 지금 이 순간에 사는 방법을 배우는 것입니다. 마음은 항상 무지, 갈망, 혐오로 덮여 있습니다. 이 수행법은 내면, 즉 마음의 부정성을 제거하여 고통으로부터 마음을 정화하는 것입니다. 이는 무의식을 째고 들어가 숨어 있는 콤플렉스를 제거하기 위한 수술입니다.」

무의식을 째고 들어가 콤플렉스를 제거한다니 가능한

일일까? 그렇게만 될 수 있다면 좋겠다는 생각이 들었지만 믿을 수가 없었다.

「여러분은 코로 들어오고 나가는 호흡을, 현재의 실재를 알아차립니다. 반응하지 않고 단지 관찰합니다. 그저 평정한 마음으로 관찰하면 무의식에 축적된 불순물이 의식 차원으로 올라옵니다. 이때 불순물들은 다양한 정신적, 육체적 불편함을 일으킵니다. 오늘 이러한 현상을 겪은 사람들은 성공적인 수행을 한 것입니다.」

「모든 존재가 행복하기를! 」

언제 시간이 흘렀는지도 모르게 법문 시간이 끝나버렸다. 다양한 사례와 재치 넘치는 말투가 돋보여 재미있었다. 선생의 말에 따르면 나의 첫날 수행은 대단히 성공적이었다. 빌어먹을 마음의 고통과 육체적 고통 속을 얼마나 헤매고 다녔는지. 모든 존재가 행복하기를 바라는 선생의 말처럼 나도 행복해지고 싶다는 생각이 들었다. 어두운 겨울밤, 다시 잠자리에 들어야 했다.

오늘 밤은 과연 잘 수 있을지. 머릿속에 가득한 번뇌를 어찌할지 몰라 센터의 작은 마당을 돌고 또 돌았다. 어디론가 달리는 자동차의 소리와 부엉이의 울음소리가 들려왔다.

명상은 일상에서 도망치는 행위인가?

"명상 같은 것 하지 말고 열심히 살아!"

어감이 조금씩 다르긴 해도 가끔 이런 의미로 말하는 사람을 본다. 흔히들 말하는 꼰대 중 하나라고 치부할 수도 있지만 의외로 이렇게 말하는 사람들이 많다. 이들은 명상을 일상에서 도망치는 행위라고 여긴다. 정말 이들의 생각처럼 명상은 일상에서 도망치는 행위일까?

직장인들에게 출근 시간은 전쟁과도 같다. 광역버스와 만원 지하철을 한 시간 이상, 혹은 두 시간씩 타고 직장으로 이동하는 경우는 흔하다. 나 또한 그랬다. 매일 서울의 끝에서 끝으로 이동했다. 덕분에 나의 아침은 늘 정신없었다.

아침마다 이불을 뒤집어쓰고 알람 소리를 외면한다. 더는 안 되겠다 싶을 때 겨우 침대에서 일어나 출근 준비를 한다. 옷도 겨우 입고 나와서 급하게 엘리베이터를 탄다. 휴대폰을 두고 와 다시 집으로 돌아가기 일쑤다. 잰걸음으로 지하철로 향한다. 겨우 시간에 맞춰 지하철을 타고 눈치 보며 앉을 자리를 찾는다. 끝까지 자리를 못 잡기도 한다. 한 시간 반가량을 서서 이동하면 집에 돌아가고 싶은 마음이 굴뚝 같아진다. 환승역에서는 에스컬레이터를 걸어간다. 옆 사람이 뛰면 같이 뛴다. 이유도 없다. 그저 뛰는 것이다.

이렇게 시작한 일상의 끝은 어떨까? 집과 직장의 거리가 멀어, 아침에는 회사에 가기 싫고 저녁에는 집에 돌아가기 싫다. 회사에서 애먼 시간만 때우다 저녁을 먹고 택시를 타고 돌아간다. 지하철을 타고 집으로 돌아가게 되면 세상 내려놓은 듯 축 처진 어깨에 신발을 질질 끌며 다닌다. 전형적인 직장인의 모습, 그 말이 이상하게 피해의식을 건드린다.

이런 정신없는 생활이 반복되면 제대로 일상을 살 수 있을까? 열심히 살면 이런 일상이 더 좋아질까?

혹시 이런 일상을 살고 있다면, 꼭 명상이 아니더라도 잠시 멈추고 자신을 바라볼 수 있는 시간이 필요하다. 자기 자신에 대해서, 자신의 현재에 대해서 주의 깊게 바라보면 보다 나은 삶을 만들 가능성이 높기 때문이다.

산만하게 허겁지겁 일상을 사는 사람과 산만함을 멈추고 맑은 정신으로 일상을 사는 사람 중 누가 더 높은 성과를 달성할까? 우리는 이미 그 답을 알고 있다. 멈추고 돌아보며 성찰하는 데 명상만큼 좋은 것이 있을까? 그렇기에 명상은 일상에서 도망치는 행위가 아니다. 오히려 자신의 삶을 개선하는 좋은 시작점이자 지름길이라 하겠다.

3. 둘째 날

3.1 마음과 생각

다시 새벽이 왔다. 기상을 알리는 종소리가 들렸고 여기저기 문이 열리고 닫히며 사람들이 걸어가는 소리가 들렸다. 하지만 나는 눈을 뜰 수가 없었다. 이번에도 어김없이 내 정신은 꿈과 현실을 헤매고 다녔다. 안 그래도 피곤한 내 영혼이 제대로 쉴 수 있을 리 없었다. 혼이 빠진 듯 멍하게 누워 천장을 바라보았다.

제대로 된 잠을 언제 잤는지 기억이 나지 않았다. 늘 유쾌하지 못한 꿈을 꿨고 새벽이면 눈을 떴다. 복잡한 서울을 대각선으로 관통해서 출근하기 위해 새벽부터 차를 몰았다. 온종일 회의와 보고에 시달렸다. 저녁이면 꽉 막힌 도로를 다시 대각선으로 관통해서 집으로 돌아왔다. 무엇을 위해서 그렇게 살았는지 도무지 알 수 없었다. 가끔 하늘을 보며 제대로 살고 있나 생각했지만 당장 눈 앞에 펼쳐진 번잡한 것들에 정신이 팔려 있었다. 한 마디로, 정신 못 차리고 살았던 것이다.

바삐 움직이는 사람들을 따라 숙소를 빠져나왔다. 새벽 한기를 쫓으려 담요를 두르고, 제대로 풀리지도 않은 몸으로 엉덩이를 깔고 앉아 명상을 시작했다. 고엔카 선생이 알려준 것처럼 호흡에 집중했다. 하지만 그도 잠시뿐, 겨우 몇 번의 호흡이면 다른 생각에 빠져들었다. 생각은 물결을 만들어냈고 파도가 되었다. 마음속에 강한 바람이 불어 격랑이 될 때면 어김없이 아무 데서나 담배를 피우던 엘리트가 떠올랐다. 회의 시간이면 같은 말을 끝도 없이 반복하고, 말끝마다 토를 달며 담배를 피워대던 망할 엘리트. 머릿속이 오염된 구정물로 가득한 느낌이었다. 몸도 마음도 고통스러웠다.

몸의 고통이 마음의 고통을 넘어섰을 때 새벽 명상이 끝났다. 짧은 식사를 마친 후, 아침 명상을 위해 눈을 감았을 때 고엔카 선생의 목소리가 들렸다. 어제의 명상을 되새기고 오늘 명상하는 방법을 알려주었다. 선생의 말을 듣는

중에 오른쪽 어깨에서 통증이 느껴졌다. 사무직 노동자. 꼼짝하지 않고 책상에 앉아 일만 하면서부터 어깨 통증은 나의 고질병이 되어 있었다. 통증에 무의식적으로 어깨를 주물렀다. 선생의 말은 계속 이어지고 있었다.

선생이 안내한 오늘의 명상은 '코의 안쪽'에만 집중하는 것이었다. 코를 통해 호흡이 들고 나며, 가슴과 배가 부풀었다 꺼지는 과정에 집중하는 게 아니었다. 오로지 코의 안쪽에서 느껴지는 감각에 집중하라고 했다. 선생은 말했다.

「호흡을 하는 과정에서 온몸에 여러 감각이 나타날 것입니다. 열기와 냉기, 맥박, 압력, 가려움, 긴장, 진동, 통증 등등. 이런 감각이 느껴질 때는 그냥 관찰하십시오. 중요한 것은 반응하지 않고 감각의 실제를 알아차리는 것입니다. 감각의 명칭 같은 건 중요하지 않습니다.」

'실제'란 사실의 경우나 형편을 이르는 말이다. 감각은 감각이지 거기서 또 무슨 사실이 있는 걸까? 또 그걸 어떻게 알아차리는 걸까? 선생은 이해되지 않는 말을 이어 나갔다.

「여러분의 마음은 과거나 미래로 돌아다니는 습성을 가지고 있습니다. 그러면서 갈망과 혐오를 만들어냅니다. 올바른 알아차림은 이 습관을 부술 것입니다.」

알아차림도 모르는데, 알아차림이 마음의 습관을 부술 수 있다니. 알듯 말듯 했다. 하지만 내 마음이 고통 속에 머물고 있는 건 확실했다. 선생의 말이 채 끝나기도 전에 내 마음은 과거 나를 괴롭게 했던 노련한 정치꾼과 마주했기 때문이었다.

그는 경영자로서 성과를 내기 위해 수백억을 들여 솔루션을 만들었다. 그가 만든 솔루션은 엉망이었지만 수백억이 들어간 솔루션답게 엄청나게 광, 그러니까 정치적인 쇼를 해서 광을 팔았다. 물론 쇼는 쇼답게 끝났다. 품질 낮은 솔루션은 결국 팔리지도 않았으며 오히려 정치적인 공격의 대상이 되었다. 내가 그걸 정리해야만 했다. 그야말로 뒷정리였다. 수백억짜리가 정리가 잘 될까? 결국 정리가 된 것은 나였다. 왜 그랬을까? 그 솔루션을 만들지도 않은 내가 왜 책임을 져야 했는지 알 수 없다. 타인의 욕망을 살았던 잘못 때문일까.

그 솔루션, 그리고 관련된 사람과 사건 들이 수시로 머릿속에 떠올랐고, 그때 왜 엿이나 먹으라고 되받아치지 못했는지 후회했다. 그런 상황에 빠질 수밖에 없었던 내 능력 밖의 욕심이 원망스러웠다. 그러다 문득 생각했다. 마음이라는 건 도대체 뭘까? 생각은 또 뭐지? 호흡은 완전히 놓쳤고, 콧구멍으로 공기가 들어오는지 나오는지도 모를 정도로 완전히 생각에 빠져 허우적거렸다. 고통이 극에 달해서야 겨우 오전 명상이 끝났다.

역시나 간소한 나물 반찬으로 식사를 한 후에 산책을 했다. 초겨울의 따뜻한 햇볕을 즐기며 벤치에 앉아 졸고 있는 이들이 있었다. 무엇이 바쁜지 빠른 걸음으로 센터의 후미진 구석까지 영역을 표시하듯 걸어 다니는 사람도 있었고, 한가롭게 숙소를 끼고 탑돌이를 하는 사람들도 있었다. 이들 모두 서로에게 시선조차 주지 않으며 침묵했다. 나는 한가롭게 탑돌이를 하며 명상 시간에 떠올렸던 마음과 생각에 대한 사고를 이어 나갔다.

도대체 마음은 무엇이며, 생각은 무엇인가? 왜 이들은 붙어서 다니는가?

3.2 바다와 파도

탑돌이를 하는 내내 마음과 생각에 대한 생각이 머릿속에서 떠나질 않았다. 아무리 생각해도 마음과 생각의 차이점을 알 수 없었다.

어떤 때는 '내 마음을 알아줘'라고 한다. 또 어떤 때는 '내 생각이 중요해'라고 한다. 마음과 생각을 사용해서 만든 문장들이 하나씩 머릿속에 올라왔다. '나는 생각한다, 고로 존재한다.'는 말이 떠오르고 '생각대로 살지 않으면 사는 대로 생각하게 된다'는 말도 떠올랐다. 왜 이런 생각을 하고 있는지 어처구니가 없다는 생각에 스스로 한심하게 느껴질 때쯤 오후 명상을 알리는 종소리가 들렸다.

눈을 감았다. 평좌로 앉은 무릎 위에 손을 올렸다. 호흡이 들어오는 코에 집중했다. 들숨이 바닥 끝까지 내려갔다. 바람에 팔랑이는 나뭇잎이 바닥에 가라앉는 느낌이 들었다. 바닥 끝에서 다시 숨이 올라왔다. 호흡이 안정적이라는 생각이 들었을 때 수행자들의 번호를 부르는 소리가 들렸다.

그룹 상담이었다. 나는 18번부터 26번까지 그룹에 속했다. 법사가 수행자들에게 질문했다.

"코를 통해 숨이 들어가고 나오는 것이 느껴집니까?"

모든 이가 고개를 끄덕였다.

"숨이 들어갈 땐 차갑고, 나올 땐 따뜻한 바람이 느껴집니까?"

23번을 제외하고 모든 이가 고개를 끄덕였다.

"수행하는 데 어려움은 없습니까?"

23번이 허리가 아프다고 했다. 수행법사가 벽에 기대어 앉아도 좋다고 말했다. 23번의 배가 유달리 많이 나와 보였다.

그룹 상담이 끝나고 자리에 앉아 코에 집중했다. 콧구멍으로 바람이 들어오고 나가면서 '여기서 뭐 하는 거야?' 하는 생각이 올라왔다. 망할 정치꾼과 장소 불문하고 담배나 피워대며 잘난 체하던 엘리트가 떠올랐다. 가슴 한편에서 분노가 느껴졌다. 뜨거운 열기가 가슴을 뚫고 나올 듯했다. 괴로웠다.

생각에 빠져 허우적거리고 있을 때 비니를 눌러쓴 이마 쪽이 간지럽기 시작했다. 긁고 싶었다. 손이 올라가려는 걸 겨우 참고 있었다. 뒤통수 왼쪽 아래도 가렵기 시작했다. 비니 때문인가? 안 씻어서 그런 건 아니었다. 한 가닥 실 혹은 송충이 같은 것이 그 자리에서 꾸물거리는 느낌이 들었다. 참았다. 그리고 그저 바라보았다. 벌레가 등을 타고 내려갔다. 왼쪽 어깨를 지나 겨드랑이로 기어 들어갔다. 오른쪽 눈 아래 경련이 일어났다. 온몸이 가려웠다. 손을 넣어 벅벅 긁고 싶었다. 며칠 면도를 하지 못한 턱에서 강한 가려움이 밀려왔다. 무의식중에 손이 올라와 턱을 긁었다.

반응하고 말았다. 그저 관찰하라고 했는데.

자괴감에 빠졌다. 한심스러웠다. 괴로웠다. 호흡을 관찰하지도, 생각을 바라보지도 못하고 허덕이는 사이에 오후 네 시간의 명상이 끝났다.

석양이 내려오기 시작한 이른 저녁, 마을 어귀에서 개 짖는 소리가 들려왔다. 식사를 마친 후 산책을 하며 마음과 생각에 대해서 생각했다. 석양이 하늘을 오렌지빛으로 물들일 즈음, '마음은 바다와 같은 것, 생각은 파도와 같은 것이 아닐까?' 하는 생각이 떠올랐다. 바다의 심연에는 기억들이 있다. 오래된 기억과 최근의 기억. 바다에는 파도가 그치지 않듯이, 마음에도 생각이 끊이지 않는다. 바다가 그렇듯이 마음에도 격랑이 불어오면 심연 속에 잠잠하게 가라앉아 있던 기억이 떠올라 가슴을 후벼 파는 것이 아닐까. 사람은 안 좋은 것을 더 오랫동안 묵혀두기 마련이니까.

오렌지빛 하늘을 향해 고개를 들었다. 느티나무 가지 끝으로 새들이 날아가고 있었다. 바람 한 점 없었다. 마음이 편안해졌고 어떤 성취감 같은 것이 올라왔다. 어처구니가 없게도 마음과 생각에 대해서 뭔가 깨달았다는 생각이 들었으며 그런 스스로가 자랑스럽게 느껴졌다. 한편에서는 마음과 생각의 차이도 몰랐냐고 비아냥거리는 목소리가 들려왔다. 마치 내 안에 또 다른 내가 여럿이 있는 듯했다.

3.3 야생 코끼리

23번은 할아버지와 함께 벽에 기대앉아 있었다. 그룹 상담 시간에 허리가 아프다고 했던 그의 배가 풍선처럼 부풀어 있었다. 그 옆자리에 나도 앉고 싶었다. 벽에 허리를 기대고 다리를 쭉 펴서 고엔카 선생의 법문을 들으면 좋겠다는 마음이 들었지만 마음뿐이었다. 방석을 깔고 있는 엉덩이는 전혀 움직이지 않았다. 여느 때와 다름없이 고엔카 선생이 스크린에 나타났다.

「둘째 날이 끝났습니다. 첫째 날보다는 나아졌겠지만 여전히 어렵습니다. 여러분 마음은 난동을 부리는 야생 코끼리처럼 안절부절못하고 흥분해서 날뛰었을 겁니다. 야생 코끼리를 잘 조련하면 그 파괴적인 힘을 사회를 위해 건설적으로 사용할 수 있습니다. 마음의 힘은 야생 코끼리보다 더 강력합니다. 위험한 마음을 잘 길들이고 훈련해야 합니다. 잘 훈련된 마음은 엄청난 힘으로 여러분들을 돕기 시작할 것입니다.」

선생은 코끼리를 예로 들어 마음을 설명했다. 조용한 담마홀 안에 큰 웃음소리가 들렸다. 춤을 추며 걸어 다니던 친구, 26번의 과한 웃음소리가 거슬렸다. 마음 한편에서 조용히 하라고 소리치고 싶은 욕구가 올라왔다. 고엔카 선생은 여전히 마음을 훈련하고 다스리는 것이 왜 중요한지 말하고 있었지만 내 마음은 거슬리는 소리에 집중하고 있었다. 젠장! 망할! 순간, 선생의 말에 집중하지 못하는 내 모습에 자괴감이 느껴졌다.

마음.

중학교 2학년 때일 것이다. 일본 식민지 시대에 대해 의견이 다른 두 친구가 있었다. 나는 그들의 의견 대립을 보며 '한방 쳐! 뭐해?' 하며 내심 싸움이 일어나길 기대하고 있었다. 한데, 한 친구가 '그렇게 생각할 수도 있지'라는 말로 다른 친구의 의견을 인정하며 상황을 정리했다. 나는 어른스러운 친구를 보며 깜짝 놀랐다. 마음이 넓은 친구가 부러웠다. 어떻게 하면 그렇게 대범할 수 있을까 생각했다. 지금 돌아보면 아무것도 아닌 일이었지만 어려서는 그 친구처럼 대범하게 되고 싶었다.

하지만 실상은 달랐다. 나는 성격이 급했다. 모든 일을 빨리 결정하고 빨리 처리했다. 질질 끄는 것이 싫었다. 행동이 느린 것을 이해하지 못했다. 그런 성격 탓에 조급했고 불안했다. 불안이 엄습하면 화를 냈고, 화가 문제를 만들어 냈다. 사는 게 왜 이렇게 힘들지? 삶이 힘들어 질문을 던졌지만 답을 얻을 수는 없었다. 모든 문제는 마음에서 비롯된다고 했는데, 마음을 돌아보지 않았으니 당연히 답을 얻을 수 없었던 거다.

"벌 받을 불건전한 모든 행동을 삼가고 경건하고 건전한 행동을 하며 마음을 정화하라. 이것이 깨달은 분들의 가르침이다."

선생이 붓다의 말씀을 전했다. 붓다는 말했다.

마음을 훈련하고 정화하여 타인의 평화와 조화를 방해하고 해치는 일이 없어야 한다. 마음속에 성냄이나 두려움, 증오 등의 부정성이 없으면 타인을 해칠 수 없다. 이 모든 것은 마음을 정화해서 얻을 수 있으며 마음을 정화하는 일은 종교적인 행위가 아니라 스스로 행해야 하는 보편적인 길이다.

붓다의 말씀을 전하는 선생의 말씀을 듣는 중에, 내 머릿속에서는 반박하는 생각들이 올라왔다. 마치 사람이라도 된 것처럼, 생각들이 각자 목소리를 내면서 지껄이기 시작했다. 목소리 3번은 말도 안 되는 소리라고 했고, 목소리 2번은 타인이 나를 해치면 싸워야 한다고 말했다. 목소리 7번은 과거의 기억을 헤집고 다녔다. 대체 머릿속에 몇 명의 내가 살고 있는지 궁금했다. 내가 분열되고 있는 느낌이었다.

「여러분이 다른 사람을 도우면 동시에 자신도 돕는 것이고, 다른 사람을 해치면 동시에 자신도 해치는 것입니다. 이것이 담마[3]이고, 진리이며, 자연의 보편적 법칙입니다. 담마의 길은 팔정도, 여덟 가지 성스러운 길이라고 합니다. 팔정도[4]는 실라, 사마디, 빤냐로 이루어집니다.」

담마, 팔정도, 실라, 사마디, 빤냐 같은 어려운 말들이 이어졌다. 집중력이 흐트러졌다. 회사에서 있었던 일들이 올라오고 집에 있는 아내와 아이들이 생각났다. 어렸을 때의 기억이 올라왔다. 연속적인 생각들이 순서도, 연관성도 없이 시간도, 공간도 없이 올라왔다. 몇 차원인지도 모르는 생각 속에서 헤매고 다니던 중 고엔카 선생의 법문이 끝났다.

---

3 담마Dhamma는 인도 빠알리어를 소리 나는 대로 적은 것이다. 산스크리트어로는 다르마Dharma라고도 한다. 문맥에 따라 진리, 가르침, 마음 혹은 마음의 대상, 법(일체의 현상)으로 해석된다.

4 팔정도는 여덟 가지 바른길을 의미한다. 깨달음을 얻기 위한 8가지 수행방식을 가리키는 불교 교리다. 도덕(실라), 건전한 행위(사마디), 지혜의 계발(빤냐)로 나눈다. 도덕(실라)을 위해서는 올바른 말(삼마-와짜), 올바른 행동(삼마-깜만타), 올바른 생계(삼마-아자와)를 이루어야 한다. 건전한 행위(사마디)를 위해서는 올바른 노력(삼마-와야마), 올바른 알아차림(삼마-사띠), 올바른 집중(삼마-사마디)를 해야 한다. 지혜의 계발(빤냐)을 위해서는 올바른 생각(삼마-씽카파)과 올바른 이해(삼마-딧티)를 해야 한다.

「내일은 명상을 통해 실라와 사마디를 계발합니다. 갈망이나 혐오감 없이 지금 이 순간의 마음에 집중해야 합니다. 마음을 예리하게 만들어야 합니다. 무의식에서 더러운 불순물을 제거하기 위해서.」

「여러분에게 참된 행복이 있기를, 모든 존재가 행복하기를!」

서늘한 초겨울의 한기를 느끼며 숙소를 끼고 탑돌이를 했다. 겨울밤 서늘한 공기를 가르며 개 짖는 소리가 대화를 나누듯 울려 퍼졌다. 멀리 자동차 달리는 소리를 배경으로 부엉이 우는 소리가 들려왔다.

명상이란 생각하는 일인가?

명상할 때 무엇을 생각하는 걸까? 내가 명상에 대해서 잘 모를 때 가졌던 궁금증이다. 아마도 명상을 잘 모르는 이들이라면 이런 궁금증을 가지고 있을 것이다. 지금은 이 질문에 답을 할 수 있지만, 예전에는 도통 이해할 수 없었다. '도대체 앉아서 뭘 하는 거지? 비생산적이야. 지겹지는 않나?' 이런 생각을 할 정도였다.

"아무것도 생각하지 않는다. 그저 생각과 감정, 감각이 일어나고 사라지는 것을 바라본다."

이 질문에 대한 수많은 명상가의 답이다. 솔직히 말해

이 말을 처음 접했을 때는 '선문답인가?' 하고 생각했다. 감각은 그렇다고 해도 도대체 생각이라는 걸 어떻게 안 할 수가 있으며, 어떻게 생각이 일어나고 사라지는 것을 바라본다는 것인지 하나도 이해할 수 없었다. 나도 명상을 '부정적인 생각을 몰아내고 긍정적인 생각을 하는 훈련' 정도로 이해를 했기 때문이다. 만약 명상이 이런 훈련이라면, 긍정적으로 생각하는 훈련을 조금이라도 더 해야 하니까, 당연히 '아무것도 생각하지 않는다'는 건 틀린 말이 된다.

그런데 명상은 긍정적으로 생각하는 훈련이 아니라, '긍정과 부정에서 떨어져서 사물 혹은 사건을 있는 그대로 바라보는 훈련'이라고 할 수 있다. 긍정과 부정은 그것을 받아들이는 사람의 생각과 감정, 감각의 필터를 거쳐서 나온다. 따라서 자신의 생각, 감정, 감각을 있는 그대로 바라보는 것은 '사실을 있는 그대로 인식할 수 있는 힘'을 키우는 훈련이다.

물론 있는 그대로 바라보는 것은 어렵다. 대부분 '내 생각, 내 감정'을 '나'라고 여긴다. '내 생각'을 나라고 생각하니, '내 생각과 다른 생각'을 가진 이들을 보면 견디질 못한다. 굴복시키기 위해서 갖은 수단과 방법을 사용한다. 하지만 '내 생각'은 내가 아니다. '내 생각'이라는 말은 '내가 가진 생각' 혹은 '내가 하는 생각'이라는 말의 축약일 뿐이다. 사람은 오만 가지 생각을 품고 있는데, 그렇게 많은 생각을 자신과 동일하게 여긴다면 제정신으로 살기 어려울 것이다. 하물며 맛있는 빵 하나를 두고도 머릿속에서는 맛있다고 하는 목소리와 너무 달다는 목소리가 싸우지 않던가.

내가 하는 생각, 나에게 올라오는 감정이 내가 아님을 알아야 한다. 그런데 그것만으로는 충분하지 않다. 생각은 끊임없이 올라온다. 시간도 없고 공간도 없다. 아무 제약도 없이 기억을 헤집고 다니며 현재와 미래를 마음대로 재단한다. 그것만으로는 목소리, 다시 말해 생각의 늪에서 빠져나올 수가 없다. 알아차려야 한다. 내 머릿속에 지금 어떤 생각이 흘러 다니는지를 알아차릴 때 생각을 객관적으로 바라볼 수 있다. 객관적으로 바라볼 때 생각의 늪에서 빠져나오는 게 가능하다.

생각을 알아차리는 것은 호흡을 알아차리는 것과 다르지 않다. 콧구멍으로 숨이 들어오고 나오는 것을 자각하는 사람은 거의 없다. 물고기가 물을 인식하지 못하는 것과 같다. 알아차림의 능력을 키우려면 호흡을 알아차리는 연습을 하는 게 좋다. 끊임없이 숨을 쉬어야 하니까. 가장 연습하기 좋은 대상이다. 지금 한 번 해보자. 숨을 들이쉬고 내쉬며 호흡을 느껴보자. 호흡을 알아차리고 미세한 감각을 느껴보자. 이것이 반복되면 어느 순간 생각과 감정 또한 알아차릴 수 있을 정도로 능력이 올라올 것이라 믿는다.

4. 셋째 날

4.1 들숨과 날숨

사흘째. 새벽 명상을 알리는 종소리가 들렸다. 간신히 눈을 떴다. 구멍 난 천장을 바라보았다. 방 안 가득했던 백색소음이 사람들이 움직이는 소리에 흩어졌다.

지난밤도 역시나 잠들지 못했다. 지나간 일들을 떠올리고 울컥하는 마음에 죄 없는 이불을 집어 찼다. 그러다 설핏 잠이 든 것 같은데 종소리가 울린 것이다. 영혼이 쉬지 못한 지 벌써 며칠째인지. 사람들의 소리가 잠잠해질 때가 되어서야 정신을 차렸다.

새벽 한기에 담요를 두르고 명상을 시작했다. 눈을 감고 호흡을 가다듬으며 코에 집중했다. 코로 숨이 들어오고 나가기를 몇 번이나 반복했을까.

"투머치."

들려서는 안 될 소리가 들려왔다. 22번이 한숨을 쉬며 위대한 침묵을 깬 것이다. 여전히 눈을 감고 있었지만 머릿속으로는 위대한 침묵을 깬 22번을 비난하고 있었다. 왜 지켜야 하는 것을 지키지 않는가, 왜 말을 하는가, 도대체 뭐 하는 친구인가. 이런 생각들이 올라오면서 호흡을 완전히 놓치고 생각으로 가득한 마음을 헤매기 시작했다.

몸에는 어김없이 통증이 올라왔다. 통증을 못 견디고 몸을 이리저리 틀었다. 이러면 안 되지. 간신히 정신을 다잡고 호흡에 주의를 돌렸으나 이내 다시 생각 속에 빠지고 말았다. 그러면서 이소룡을 닮은 22번에게 욕지거리도 했다. 한심한 놈. 이건 나한테 한 소리였다. 종잡을 수 없는 생각이 너무 강고한 기준을 가진 나를 비난했다. 내 몸은 나도 모르게 스트레칭을 했고, 그러다 퍼뜩, 다시 호흡에 집중했다. 고요하게 앉아 있었지만 내면은 그야말로 전쟁터였다. 그렇게 새벽 명상이 끝나버렸다. 한숨이 나왔다. 뭘 하는 것인지.

아침 식사. 22번은 여전히 다리를 꼬고 밥을 먹었다. 춤을 추며 다니던 26번은 여기저기 눈을 돌렸고, 배가 잔뜩 나온 23번은 반바지 차림으로 땀을 흘리며 식판 가득 밥을 먹고 있었다. 23번 옆자리, 24번이 천천히 밥을 먹고 있었다. 그의 길게 자란 턱수염에 맑은 국물 방울이 맺혀 있었다. 지저분했다. 어느새 나의 손이 턱을 만지고 있었다. 억센 수염이 가득한 턱. 도대체 마음에 드는 사람들이 하나도 없었다.

이곳에 온 지 벌써 사흘이 지났다. 이틀간 명상을 했지만 제대로 하고 있는 것인지 도무지 감이 잡히지 않았다. 무수한 잡념과 통증만 올라와서 견디기가 어려웠다. 다른 사람들의 마음이 궁금했다. 물어보고 싶었지만 위대한 침묵을 지켜야 하지 않나. 수많은 의문과 의심이 들었지만 어쩔 수 없었다.

「여러분은 오늘 명상에서 마음을 더 예리하게, 예민하게 만들어야 합니다. 그러기 위해서는 콧구멍에 집중하던 범위를 더 좁혀야 합니다. 지금부터는 콧구멍 앞의 인중에 집중합니다. 인중에서 느껴지는 들숨과 날숨의 미세한 감각을 느낍니다.」

오전 명상을 시작할 때 고엔카 선생의 음성이 흘러나왔다. 눈을 감고 호흡에 집중하며 선생의 음성을 들었다.

「미세한 감각을 느끼며 여러분은 현재의 실제를 알아차려야 합니다. 호흡 느끼기를 갈망해서는 안 되며, 못 느끼는 자신을 자책하거나 혐오해서도 안 됩니다. 그저 현재의 실제를 관찰해야 합니다. 반응하지 말고 관찰해야 합니다.」

명상을 하며 집중하던 범위를 코에서 인중으로 더 좁히라는 가이드였다. 선생은 인중에서 숨이 나오고 들어오는 것을 느낄 수 있다면 한 단계 성장해서 명상의 다음 단계로 나아갈 수 있다고 했다. 나는 선생의 안내에 따라 집중의 범위를 인중으로 좁혔다. 호흡했다. 아무것도 느껴지지 않았다. 아무것도.

통증이 온몸을 점령하듯이 온갖 어지러운 생각들이 머릿속을 점령했다. 생각에 빠져 있는 사이사이 호흡을 놓치고 있다는 사실을 알아차리고 다시 인중으로 주의를 돌렸다. 시간이 얼마나 지났을까. 호흡이 점점 느려졌다. 천천히 숨을 들이쉬고 내쉬었다. 인중에 돋아난 콧수염을 슬쩍 슬쩍 건드리는 차갑고 뜨거운 공기가 느껴졌다. 뭔가 해냈다는 기쁨이 올라왔다. 순전히 면도를 하지 않은 콧수염 덕일지도 모르지만.

인중에서 어떤 미세한 감각을 느꼈다고 해서 명상이 쉬워진 것은 아니었다. 오전 내내 지옥 같은 고통을 느끼며 내가 왜 이곳에 왔는지 후회하고 또 후회하며 스스로 물었다. 내 자아는 질문과 관련도 없는 엉뚱한 생각들로 답했고, 육체의 고통은 존재감을 드러내기 위해서 여기저기를 후벼 파고 다녔다. 머릿속의 생각, 육체의 고통과는 전혀 관계없이 시간은 흘렀다.

여성 수행자들 자리에서 마른기침 소리가 들렸다. 이내 사방에서 기침 소리가 들렸다. 동기화였다. 마른기침 소리가 홀 안을 가득 메웠을 때 오전 명상이 끝났고 어느새 점심시간 또한 지나 있었다.

초겨울 햇살이 따사로웠다. 햇빛에 눈이 부셔서 실눈을 뜨기도 하고 비니를 푹 눌러쓰기도 했다. 참새 소리가 들리고 간간이 불어오는 바람이 마치 봄바람처럼 느껴졌다. 언젠가 경험했던 것 같은 느낌이었다.

4.2 어느 날의 툇마루

9살, 주인집 툇마루에 앉아 화단을 바라보던 그때인 것만 같았다. 애지중지 키우던 병아리를 묻었고, 봄이면 개나리가 피고 목련이 피었으며 달콤한 꿀이 나오던 샐비어꽃이 그득하던 화단. 그 화단 앞에 앉아 있는 느낌이 들었다.

12월, 따뜻한 진안의 초겨울 햇살 때문일까. 나는 슬며시 눈을 감았다. 봄볕 같은 햇살과 함께 졸음이 몰려왔다. 참새가 작은 날개를 퍼덕이며 날아올랐다 내려앉기를 반복했다. 가는 바람이 불었다. 멀리 차 달리는 소리 사이로 동네 아줌마들의 웃음소리가 들려왔다. 잠에 빠진 듯했다. 몸은 움직일 수 없었지만 나를 둘러싼 것들이 느껴졌다.

오후 명상을 알리는 종소리가 울렸다. 수행자들이 분주

하게 걸어 명상홀로 들어가고 있었다. 나는 기지개를 켜며 벤치에서 일어났다. 못내 아쉬운, 봄날 같은 햇살을 남겨두고 다시 어둠으로 걸어 들어갔다.

인중에 집중하며 시간을 보내고 나니 어느새 오후 명상도 끝이 났다. 이제 저녁 명상만을 남겨두고 있었다. 어스름하게 땅거미가 지는 저녁, 비니를 꾹 눌러쓰고 산책을 시작했다. 왜일까? 불현듯 11살 때 기억이 떠올랐다. 생각만 해도 낯 뜨거운 장면, 다시는 떠올리고 싶지 않은 장면이 떠올랐다.

음악 시간, 60명이 넘는 아이들이 노래를 부르고 있었다. "아빠하고 나하고 만든 꽃밭에"라는 노래가 끝나갈 즈음 나는 책상에 고개를 박고 흐느꼈다. 그날 왜 그랬을까. 노래를 들으니 어릴 적 돌아가신 아버지가 떠올랐고, 내게 아비 없는 자식이라고 욕지거리해대던 친구 아빠가 떠올랐다.

9살에 학교에서 함께 집으로 돌아오던 친구를 때렸다. 코피가 나자 친구는 엉엉 울며 집으로 돌아갔다. 왜 싸웠는지 이유는 기억나지 않는다. 혼자 집으로 가는 게 싫었는데 코피 좀 났다고 같이 안 놀고 가버린 친구가 미웠던 기억만 난다. 그날 나는 집으로 돌아와 주인집 툇마루에 걸터앉아 차가운 도시락을 까먹었다. 엄마가 공장에 가면서 만들어 놓은 도시락이었다.

조용한 마당에 따뜻한 햇볕이 내리쬐고 있었다. 동네 사람들이 모두 큰엄마라고 부르던, 입이 툭 튀어나와 발음이 좋지 않던 주인집 큰엄마가 내게 밥 많이 먹으라고 중얼거리고 있었다. 그때 누군가 대문을 박차고 들어왔다.

험상궂은 아저씨 옆에 휴지를 콧구멍에 꽂은 친구가 울고 있었다. 아저씨가 화를 내며 아비 없는 자식이라 욕을 하기 시작했고 나는 무서워서 눈물을 흘렸다. 내 팔을 잡고 흔드는 아저씨에게 큰엄마가 똑똑한 발음으로 말했다.

"아비 없는 아가 불쌍치도 않는교?"

아저씨와 친구가 돌아가고, 나는 조용해진 마당 툇마루에 앉아 다시 밥을 먹었다. 식을 대로 식어버린 밥에 목구멍이 턱턱 막혔고 눈물이 연신 흘러내렸다. 엄마는 그날 그 일을 모른다. 그 정도 일로 무슨 호들갑이냐는 생각에 엄마에게 말하지 않았다. 야근하고 늦은 밤에 돌아오는 엄마에게 그런 것까지 말하고 싶지 않았다. 그냥 속으로 삭

이는 것이 엄마에게 효도하는 일이라고 생각했다.

나는 친구가 부러웠다. 아빠가 있다는 것의 힘을 느꼈으며, 아비 없는 자식의 설움이 무엇인지도 어렴풋이 알게 되었다. 그리고 큰엄마가 그렇게 똑똑한 발음으로 말할 수 있다는 사실도 처음 알았다. 그 이후로 큰엄마의 그런 똑똑한 발음을 다시 듣지는 못했다.

그날 이후 더는 그 친구와 놀지 않았다. 그리고 마음에서도 지워버렸다. 기억조차 나지 않았던 일이었다. 이곳 진안에서 명상을 하기 전까지는.

종소리가 울렸다. 벌써 6시, 저녁 명상이 시작되었다. 나는 다시 내 방석에 앉아 콧구멍 아래 인중에 집중했다. 들숨과 날숨이 일으키는 미세한 감각이 느껴졌다. 바람에 흔들리는 콧수염에 간지러움이 올라왔다. 콧수염이 없으면 절대 못 느꼈을 것이라는 생각이 들었다. 여자들은 콧수염이 없는데 어떨까? 나와 다르게 턱수염을 잔뜩 기른 24번은 또 어떤 느낌일까? 생각에 빠진 사이 통증이 올라왔다. 고통 때문에 쓸데없는 생각은 온데간데없고 오로지 한숨만이 나올 때가 되어서야 저녁 명상까지 끝났다.

5분간의 휴식. 어둠이 내려와 있었다. 모내기가 끝난 논이 어둠에 잠겨 있었다. 오늘의 힘든 명상을 겨우겨우 끝냈다는 안도감 비슷한 감정이 올라왔다. 그리고 이제 곧 재미있으면서도 편하게 앉을 수 있는 법문 시간이 시작한다는 기대감이 올라왔다. 부엉이 울음소리가 들려왔다. 논이 끝나는 지점, 왕복 2차선 도로에 자동차가 달리고 있었다. 맞은편에는 또 다른 마을이 어둠 속에서 빛나고 있었다.

4.3 고름 덩어리

고엔카 선생이 길게 늘어진 눈을 떴다.

「마음속에는 온갖 쓰레기 같은 것들이 쌓여 있습니다. 남을 해치지 않겠다는 도덕적 계율(실라)을 지키며 살더라도 어느 순간 마음속 불순물들이 떠올라 자신을 다치게 합니다.」

「오늘 사마디 수행을 통해 마음에 집중하여 더러운 것들을 가라앉힐 수는 있겠지만 불순물이 사라지진 않습니다. 무의식에 남아서 호시탐탐 다시 올라올 기회만 노립니다. 이들을 가만두면 언젠가 다시 올라와 자기 자신을 다치게 만듭니다.」

「이런 무의식에 남아 있는 고름 덩어리를 제거해야 합니다. 내일부터는 살을 째고 들어가 고름을 짜내는 빤냐를 수행합니다. 빤냐는 지혜를 계발하는 것입니다. 지혜를 계발하면 애쓰지 않아도 다른 이와 자신을 해치는 행위를 삼가게 됩니다.」

선생은 무의식에 쌓여 있는 불순물을 콤플렉스라고 불렀다. 불현듯 올라온 무의식 속의 콤플렉스에 따라 행동을 하게 되면 자신뿐 아니라 타인을 다치게 한다고 했다. 콤플렉스는 또 다른 문제를 만들고 문제는 또 마음에 쌓여 불행한 삶을 살게 만들기 때문에 이를 제거해야 하며, 그것은 결국 스스로가 '세상 만물이 무상함을 깨달아야만' 가능한 일이라 말했다.

「당신이 사랑하는 사람이 있습니다. 그 사람에 대한 사랑이 너무나 깊어 헤어지고 싶지 않겠지만 사람은 누구나 죽음을 피할 수는 없어요. 그 사람이 어느 날 죽음을 맞이

합니다. 그를 사랑하던 당신은 실의에 빠질 것입니다. 실의에 빠진 당신은 인생의 무상함을 배웁니다. 재물을 쫓는 것, 권력을 탐하는 것, 다른 이와 다툼을 벌이는 일들. 모두 헛되다는 것을 배우지만 얼마 지나지 않아 그런 지혜는 없어집니다. 왜일까요? 이유는 스스로 깨닫지 못했기 때문입니다. 외부의 주어진 사건에 영향을 받았을 뿐이기 때문이죠.」

선생은 장난스러운 표정으로 사랑하는 사람의 죽음에 대해 이야기했다. 26번 혼자 큰 소리로 홀이 쩌렁쩌렁 울리도록 웃었다. 그 웃음소리에도 불구하고 나는 선생의 이야기에 빠져들었다. 그는 정말 재미있는 이야기꾼이었다.

「갠지스강이 있습니다. 인도인들은 그 신성한 강물에 몸을 담급니다. 강물은 흐릅니다. 그들은 같은 강물에 몸을 담근 걸까요? 물은 끊임없이 흐르니 당연히 같은 물이 아닙니다. 그럼 그 물에 몸을 담근 사람은 어떨까요? 그도 같은 사람이 아닙니다. 왜일까요?」

갠지스강 이야기는 대학생 때 철학책에서 본 적이 있었다. 같은 강물이 아니라는 것은 기억이 났지만 사람마저도 같은 사람이 아니라는 것은 이해할 수 없었다. 선생은 설명을 이어나갔다.

「사람의 몸이 입자로 구성되어 있다는 것을 현대 물리학자들이 발견했습니다. 붓다가 2,500년 전에 깨달은 것이었죠. 붓다는 물질세계 전체가 아원자 입자로 구성되어 있다고 했습니다. 이들 입자는 수억분의 일 초 속도로 생성되고 소멸합니다. 다시 말해 물질세계는 사실 고체는 없고 단지 연소와 진동에 불과하다는 것이죠. 그저 수억분의 일 초 단위로 머물 뿐입니다. 영원한 것은 없습니다. 모든 것은 무상합니다.」

혼란스러웠다. 명상에서 물리학, 그것도 양자물리학 이야기를 하고 있다니. 예전에 읽었던 과학 잡지에서는 사람 몸의 세포가 1년에 한 번씩 모두 새로 생성된다고 했고, 모든 세포가 바뀐 사람은 같은 사람인가 아닌가 하고 물었다. 쓸데없는 소리라 생각했으며 다 읽지도 않고 책장을 덮었다.

「사람을 포함한 세상 모든 것, 사람이 만든 기억과 고통, 콤플렉스 또한 모두 무상합니다. 그것들은 모두 수억분의 일 초 단위로 머무는 아원자 입자에 지나지 않습니다.」

사람이라는 위대한 존재를 그저 아원자 입자일 뿐이라 여겨도 되는가? 비판의 마음이 잠시 올라왔다. 하지만 이내 선생의 말에 다시 귀를 기울였다.

「여러분은 내일부터 위빠사나 명상을 진행합니다. 위빠사나 명상은 몸의 감각을 알아차리는 것입니다. 머리끝부터 발끝까지 5~7센티 단위로 나누어 천천히 스캔합니다. 몸의 모든 부분에서 감각을 느낍니다. 처음에는 강한 고통을 수반하는 거친 감각이 올라오다가 서서히 미세한 감각을 느낄 수 있을 것입니다. 처음부터 신체 안의 아원자 입자들이 일어나고 사라지는 것을 경험할 수 있을 거라 기대하면 안 됩니다.」

아원자 입자가 일어나고 사라지는 것을 느낀다니. 정말 붓다는 수행만으로 물체가 아원자 입자로 구성되어 있으며 고체는 없고 오로지 연소와 진동만이 존재한다는 것을 깨달았다는 걸까? 그리고 그것을 나도 경험할 수 있다는 걸까? 당황스러웠다.

「호흡을 느끼는 아나빠나 수행은 내일 오후 3시까지 수행하십시오. 콧구멍과 그 앞의 인중에서 느껴지는 미세한 감각을 계속 관찰하십시오. 마음을 예리하게 만드십시오. 위빠사나 수행으로 무의식에 뿌리 깊이 박힌 콤플렉스, 불순물을 제거할 수 있도록 성실하게, 꾸준하게, 끊임없이 수행하십시오.」

선생이 눈을 감고 찬팅[5]을 하기 시작했다. 마치 래퍼가 노래를 부르듯 소울 넘치는 음감에 영적인 분위기가 고조되기 시작했다. 사람들은 눈을 감고 명상에 빠져들었다. 나도 다른 이들처럼 눈을 감았다. 하지만 나는 명상에 깊

5 찬팅 - 성가. 의식에서 부르는 노래. 성가를 부르거나 짧은 기도문을 읊조리는 행위를 말한다.

이 빠져들지 못한 채로 잘 이해되지도 않는 법문 내용을 떠올렸다. 아원자 입자가 어쩌고, 아나빠나가 어쩌고 하는 말들이 머릿속을 떠돌았다.

법문 시간에 수행한 짧은 명상을 마친 후에 수행자들은 모두 숙소로 돌아갔다. 스산한 바람이 불었다. 나는 비니를 눌러쓰고 산책을 시작했다. 300보 탑돌이를 했다. 몇 바퀴를 돌고 있는지 횟수를 세면서 걸었지만 어느 순간 숫자를 놓쳐버렸다. 산책하는 내내 생각에 빠져버렸다. 법문의 내용이 떠오르고 망할 회사 일과 집에 있는 아내와 아이들 생각이 났다. 그리고 젊은 나이에 남편을 잃고 홀로 되었던 엄마가 떠올랐다. 우리 여섯 형제, 아니 여섯 아이를 가진 젊은 엄마가 떠올랐다.

호흡에 주의를 기울이는 이유

사실, 명상은 호흡에만 집중하거나 주의를 기울이는 행위가 아니다. 정확히는 어떤 대상, 예를 들어 호흡, 걸음, 꽃, 얼굴 등에 집중한다. 집중과 주의를 기울이는 것은 현재, 지금 이 순간을 알아차리기 위한 행동이다. 순간을 알아차리는 건 머릿속 목소리, 다시 말해 생각으로부터 자유로워지는 방법이다.

대부분의 사람은 시간이라는 굴레에 사로잡혀 산다. 정신이 과거와 미래를 헤매고 있으면 현재 일어나는 일을 당연히 알아차리지 못한다. 현재를 살고 있지 않기 때문이다.

현재를 산다는 것은 무엇일까? 현재의 삶을 온전히 느끼는 것을 말한다. 가족과 함께하는 점심, 아이들의 웃음

소리, 강가에서 불어오는 바람의 느낌. 이런 순간을 느끼는 것이다.

명상을 하기 전의 나는 항상 많은 걱정을 하며 살았다. 머릿속이 일에 관한 생각으로 가득했다. 과거의 기억과 미래에 대한 걱정이 생각의 틈새를 돌아다니며 나를 현재에 집중하지 못하도록 했다. 그런데 명상을 하면서 후회와 걱정, 두려움이 많이 줄었다. 현실을 있는 그대로 바라보고 받아들일 수 있는 용기도 생겼다.

특히 호흡에 집중하는 것이 많은 도움을 주었다. 걸음이나, 꽃, 얼굴, 피부의 감각 등에 집중할 수도 있겠지만, 가장 좋은 것은 호흡이다. 살아 있는 사람은 누구나 호흡을 하기 때문이다. 명상을 통해 호흡에 집중하면, 코에서 발생하는 미세한 감각을 느낄 수 있다. 이는 현재 순간에 집중하는 연습일 뿐 아니라, 사람의 느낌(다른 말로 직감 혹은 직관)을 강하게 만드는 연습이다. 이 연습을 통해서 머릿속에 돌아다니는 시끄러운 것들, 과거에 발생한 갖가지 사건·사고와 미래에 발생할 수도 있는 온갖 걱정거리들로부터 멀어질 수 있다.

사실 호흡을 느끼며 살아가는 사람은 거의 없다. 물고기가 물을 느끼지 못하는 것과 같다. 늘 호흡을 하고 있으면서도 막상 호흡을 느끼려면 어렵다. 연습이 필요하다. 연습은 두 단계로 해볼 것을 추천한다. 첫째, 호흡을 평소보다 강하게 하면서 코 전체로 느끼는 연습을 먼저 한다. 들숨에 배가 나오고, 날숨에 배가 들어가는 과정에서 발생하는 느낌을 알아차리는 거다. 둘째, 콧구멍 앞 인중에서 발생하는 감각을 느껴 본다. 들숨과 날숨이 일으키는 미세한 감각에 주의를 기울이는 것이다. 들숨의 차가움과 날숨의 따뜻함을 느낀다. 반복하여 주의를 기울이다 보면 어느 순간 미세한 감각을 느낄 수 있다.

호흡에 주의를 기울여 미세한 감각을 느끼는 것은 현재 살아 있음을 느끼는 행위다. 에고라고도 불리는 머릿속 생각, 그들의 목소리에서 벗어나 과거에 대한 후회와 미래를 향한 두려움을 벗어날 수 있는 지름길이다.

5. 넷째 날

5.1 7센티

꿈이 없는 잠을 잤다. 기상을 알리는 종소리를 듣고서야 눈을 떴다. 이렇게 깊은 잠을 잔 게 얼마 만인지. 잠을 자기 위해 텍스를 세지도 않았으며 양을 소환하지도 않았다. 꿈속에서 그 누구도 만나지 않았다. 노련한 정치꾼이나 엘리트도 나오지 않았으며 어릴 때 친구도 아내도 엄마도 아이들도 나오지 않았다. 맘에 드는 일이나 들지 않는 일, 그 어떤 일에 휩쓸려 꿈속에서 헤매지도 않았다. 피곤함 때문일까 아니면 다른 이유 때문일까.

꿈이 없는 잠을 잤다고 해서 새벽 명상이 쉬웠던 건 아니다. 22번은 여전히 늦게 나왔고 부스럭거렸다. 여성 수행자들 사이에서는 마른기침 소리가 났다. 허리가 아팠고 어깨는 무거웠다. 다리가 저리고 고관절이 빠질 듯했다. 뻣뻣한 목은 부러질 듯했다. 하지만 미동도 없이 눈을 감고 두 시간을 견뎌냈다. 오랜만의 깊은 잠 덕분이었을까. 새벽 명상 내내 깨어 있는 의식으로 명상을 할 수 있었다.

물론 많은 생각이 스쳐 지나갔다. 순서도 없고 연관성도 없는 생각들이 꼬리에 꼬리를 물고 일어나고 스러졌다. 생각들이 올라올 때마다 콧구멍 아래 인중으로 다시 주의를 돌렸지만 그렇다고 생각이 사라지는 건 아니었다. 생각이라는 놈은 도무지 제어할 수가 없었다. 일어나지 않게 할 수도 없었으며 사라지게 할 수도 없었다. 그렇다고 생각을 깊게 파고들지도 못했다. 내가 아는 건 그저 생각이 스쳐 지나가고 있다는 것뿐이었다.

오히려 산책을 하면서 깊은 생각에 빠져들었다. 엉뚱하게도 인공지능과 빅데이터 분석의 차이점이 무엇인지를 생각했다. 두 개념의 차이를 깨달았을 때는 어떤 희열감마저 느꼈지만, 이내 못 말리는 워커홀릭이라는 자괴감에 빠져버렸다. 왜 그런 엉뚱한 생각에 빠졌는지 스스로도 이해할 수 없지만 머릿속에서 생각이 흘러 다니는 걸 제어할 수 없었다. 그저 고엔카 선생이 가이드한 대로 코앞에 집중하기 위해서 노력할 뿐.

오전 시간 내내 코앞 인중에 집중하는 아나빠나 명상을 수행했다. 콧수염 덕에 차가운 기운이 콧구멍으로 들어가는 것과 뜨거운 기운이 콧구멍을 타고 나오는 것을 제대로 느꼈다. 덕분에 스스로 약간 대단하다는 생각을 했고 잘난 척 뻐기는 마음이 올라왔다. 다른 이들의 수행 상태는 어떤지 궁금했다. 말만 할 수 있었다면 물어보고 싶었다. "당신은 어떻습니까?" 정말로 그렇게 물어봤더라면 분명 비교하며 잘난 체했을 것이다. 원래 작은 것조차 비교하며 살아왔으니까.

하지만 위대한 침묵 덕에 말을 할 수 없었다. 당연히 비교도 불가능했다. 잠깐의 뻐김이 사라졌고 그 자리를 평안함이 차지했다. 말없이 매우 사적인 명상에 빠져 있다는 것에 행복함을 느꼈고 또 비교하지 않는 것이 얼마나 평안한 일인지를 느꼈다. 그리고 '삶도 명상처럼 비교하지 않고 살아갈 수 있다면' 하는 마음이 슬며시 올라왔다.

시간은 어떻게든 흘러간다. 끝날 것 같지 않던 고통스러운 오전 명상이 끝났고, 또 끝나지 않았으면 하고 바라던 점심 산책 시간도 종소리와 함께 끝이 났다. 종소리만 들으면 침을 흘리는 파블로프의 개처럼 나는 자연스레 명상홀로 발길을 옮겼고 나만의 방석 위에 다시 엉덩이를 깔고 앉았다.

오디오에서 고엔카 선생의 명상 가이드가 흘러나왔다.

「머리끝부터 발끝까지 7센티 단위로 몸을 스캔해 나가십시오. 천천히 몸의 감각을 느끼세요. 처음에는 아무런 감각을 느끼지 못할 수 있습니다. 또는 거친 감각, 지독한 통증만이 느껴질지도 모릅니다. 하지만 실망하지 말고 몸을 관찰하십시오. 나중에는 미세한 감각을 느낄 수 있을 것입니다. 간지럽기도 하고 전기가 통하는 듯 저릿함이 있을 것입니다. 주의를 집중하여 신중하게 관찰하십시오. 몸에서 올라오는 모든 감각을 하나도 놓치지 마십시오.」

나는 선생의 가이드에 맞춰 머리부터 발끝까지 조금씩 단위를 나누어 집중했다. 하지만 주의를 집중한 부위에는 감각이 느껴지지 않았고 오히려 엉뚱한 다른 부위에 감각이 올라왔다. 이마에 집중하다 보면 어깨에 통증이 올라오는 식이었다. 통증은 정말 견디기 어려웠다. 하지만 정말, 절대로, 단연코 꼼짝하지 않았다. 고엔카 선생의 특별한 주문 때문이었다. 선생은 위빠사나 명상 중에 절대 움직이지 말라고 했다. 굳은 결심을 보여주기 위해 어떤 고통이 뒤따르든 절대 움직이지 않을 것을 주문했다. 선생은 그 굳은 결심을 '아딧타나'라고 표현했다.

나는 아딧타나를 지키기 위해 정말 움직이지 않았다. 미동도 없이 앉아 있는 동안 매우 강하고 거친 통증이 올라왔다. 통증은 등을 후벼 파냈고 어깨를 짓눌렀으며 고관절을 끊어낼 듯했다. 다쳤던 발목에는 피가 통하지 않아 다리 전체가 마비되는 듯했다.

하지만 아딧타나를 실행했다. 미동조차 하지 않았다. 그야말로 지옥이었다. 석고상이 되어가는 느낌이었다. 머릿속에서는 '젠장, 언제 끝나는 거야?' 하며 생각들이 괴성을 질러댔다. 과거에 대한 기억도, 미래에 대한 걱정도 통증이 몰고 온 고통 앞에서 싹 날아가 버렸다. 밀도 높은 신음 소리가 홀 안을 가득 메우고서야 오후 명상 시간이 끝났다.

겨우 몸을 움직여 밖으로 나왔다. 기지개를 한 번 켜고 사람들을 따라 허우적거리며 식당으로 걸어갔다. 내 앞에 26번이 춤을 추며 앞으로 걸어가고 있었다. 왼손 한 번, 오른손 한 번 허공을 찌르며 다리를 꼬았다. 저 인간은 대체 뭐지? 하지만 문득 나보다 한참이나 어린, 이제 겨우 20대로밖에 보이지 않는 친구가 왜 여기에 왔을지 궁금해졌다.

발을 꼬고 앉은 22번이 거슬렸고, 반바지에 반소매 티셔츠를 입고 있는 배 나온 23번이 신경 쓰였다. 24번은 긴 턱수염을 손으로 정리해가며 뻥튀기 과자를 먹고 차를 마셨다. 도무지 알 수 없는 사람들이었다. 그들과 함께 명상을 하고 좁은 식당에 앉아 뻥튀기 과자를 조금 더 먹고 싶다고 생각하는 나도, 마찬가지로 이해할 수 없었다. 왜 이곳에서 이러고 있는 것인지. 고개를 절레절레 저으며 식사를 마쳤다.

붉게 물든 노을이 센터 지붕을 비추고 있었다. 붉은 노을 속을 걷고 싶었다. 비니를 푹 눌러썼다. 홀로 걷고 싶다는 마음 때문이었을까. 눈썹까지 비니를 푹 눌러쓰고 남자 숙소를 끼고 걷기 시작했다. 얼마나 걸었을지도 모를 즈음 엄마가, 엄마가 생각났다.

5.2 옥상 칼싸움 사건

초등학교 4학년, 잊지 못할 사건이 발생했다. 그 무렵 나는 친한 친구와 집을 번차례로 방문하며 놀았다. 친구 엄마는 가내수공업을 했다. 드르륵거리는 재봉틀 소리가 집안에서 멈추는 경우가 없었다. 그 덕에 친구 집에는 실패가 많았다. 둥근 원뿔 모양의 실패를 연결하면 끝이 뾰족한 긴 칼을 만들 수 있었다. 원탁의 기사 아서왕에 흠뻑 빠져 있던 시기였고, 꼭 아서왕이 아니라 하더라도 사내아이들에게 칼싸움은 빼려 해도 뺄 수 없는 놀이였다. 우리도 그랬다. 우리는 실패로 만든 긴 칼을 휘두르며 칼싸움을 했다. 칼싸움 끝에 내가 이겼니, 네가 이겼니 옥신각신하는 것 또한 재미있는 일이었다.

친구의 좁은 집 구석구석은 그야말로 전쟁터였고, 친구 집 대문 위 옥상도 우리의 칼싸움 장소였다. 어느 날, 나는 칼을 휘두르며 친구를 몰아 옥상으로 올라갔다. 얍! 얍! 씩씩하게 기합 소리를 내며. 친구는 드디어 옥상 끝까지 몰렸고 싸움은 끝났다. 아니, 나만 끝이 나야 한다고 생각했던 것 같다. 드르륵거리는 재봉틀 소리에 잠시 정신 팔려, 나도 엄마가 집에 있었으면 하고 생각하던 순간에 친구가 나의 가슴을 세차게 찔렀다. 이기고 싶은 욕심 때문이었을까.

와당탕!

나는 옥상에서 거꾸로 떨어졌다. 머리가 커서 그랬는지 몸을 뒤로 젖힌 채 머리부터 직선으로 떨어졌다. 그 순간 정적이 흘렀다. 나는 울음을 터뜨리며 깊고 깊은 정적을 끝냈다. 친구 엄마가 방안에서 뛰어나왔다. 옥상에서는 친구가 뛰어 내려왔다. 신이 도운 것일까. 운 좋게도 내가 떨어진 자리에는 쓰레기통이 있었다. 쓰레기통에는 하얀 연탄재가 가득했다. 정확히 쓰레기통 안에 그대로 꽂혔다. 정말 운이 좋았다. 약간만 빗나갔어도 시멘트에 머리를 박아 그 자리에서 죽었을 것이다.

그날 나의 얼굴은 상처투성이 피범벅이 되었다. 나는 피범벅이 된 얼굴로 친구 엄마의 손을 잡고 시장을 통과하여 병원으로 갔다. "야, 얼굴이 와 이런교? 잉?" 시장 아줌마들의 걱정하는 소리를 들으며 나는 끊임없이 눈물을 흘렸고 엄마를 불렀다.

하지만 그날, 엄마는 밤 10시나 되어 집에 돌아왔다. 늦은 시간 야근을 마치고 집에 돌아온 엄마는 초점 없는 눈빛으로 내 상처 난 얼굴을 바라봤다. 엄마의 처진 어깨 때문일까. 그날따라 엄마는 더 피곤해 보였다.

"조금 다쳤어, 괜찮해."

나는 어렸지만 어리지 않게 행동하려 했다. 엄마가 걱정할까 봐 괜찮은 척했다. 하지만 나의 마음에는 원망이 돋아났다. 다친 나를 두고 야근을 하는 엄마에 대한 원망이. 그리고 엄마를 두고 먼저 돌아가신 얼굴도 모르는 아빠에 대한 원망이 돋아났다. 나는 생각했다.

'나는 죽어도 괜찮은 건가? 아들이 죽을 뻔했는데, 야근을…'

이 마음은, 이 생각은 가끔 내 삶에서 핑곗거리를 제공해주었다. 엄마의 지갑에서 돈을 슬쩍 하거나, 몰래 담배를 피우거나, 술을 마실 때, '어차피 나를 신경 쓰는 사람은 없잖아?' 하는 생각을 하도록. 가끔은 두려움을 만들어 냈다. 내가 죽더라도 아무도 슬퍼하지 않을 수 있다는, 그렇게 버림받을지도 모른다는, 두려움을.

센터의 남자 숙소를 탑돌이 하듯 걷는 내내 그날의 일과 그때의 마음이 떠올랐다. 가슴 안쪽 어딘가가 꽉 막힌 느낌이 들어 정신없이 걷기만 했다. 몇 바퀴째를 돌고 있는지는 벌써 잊어버렸다. 그저 계속 걸었을 뿐. 그날의 기억들이, 그날 벌어진 일이 머릿속에 떠오르고 또 떠올랐다.

그 생각의 끝에 11살 어린 아이가, 그리고 엄마가 있었다. 남편이 없는 젊은 미망인. 가끔은 과부라고 불렸던 사람. 아이 여섯을 홀로 키워야 했으며, 새벽에 일어나 아이들 밥을 준비하고 점심 도시락을 싸고 밀린 빨래를 한 후에 40분을 걸어 출근하고, 또 늦은 밤 야근을 마친 후에야 다시 40분 동안 어두운 길을 걸어 퇴근하며 배고픔을 참아야 했던 엄마가 있었다. 진공상태에 빠진 듯 가슴이 먹먹했다. 얼마나 그 상태로 있었을까. 저녁 명상을 알리는 종소리가 들렸다.

사람들이 분주하게 명상홀로 이동했다. 나도 그들을 따라 발걸음을 옮겨 어두운 명상홀의 내 자리, 내 방석 위에 앉았다. 호흡에 집중하는 아나빠나 명상으로 먹먹한 가슴을 가라앉혔다. 그리고 몸의 감각에 집중하며 위빠사나 명상을 수행했다. 머리부터 발끝까지, 다시 발끝에서 머리까지 이동하며 몸을 7센티 간격으로 나누어 몸에서 일어나는 감각을 느꼈다. 거친 통증이 올라왔다. 살을 후벼파는 통증이 어깨와 등, 허리에서 느껴졌다. 고관절이 끊어질 듯했으며 다리에 피가 통하지 않아 감각이 없어지고 있었다. 온몸을 사로잡는 고통이 끊임없이 이어졌다. 하지만 나는 꼼짝도 하지 않았다. 슬쩍 다리의 위치를 바꾸거나 허리를 한 번 비트는 일, 엉덩이를 들썩하는 것, 목을 좌우로 한 번 늘려주는 것 또한 하지 않았다. 강한 결심, 아딧타나를 실행해야 했으니까. 나는 견디는 일을 잘하니까, 고통을 참는 일, 묵묵히 견디는 일을 잘하니까.

그런데, 갑자기 목이 앞으로 쭉 빠져나왔다. 목과 어깨가 만나는 지점에서 올라오는 감각에 주의를 기울이고 있을 때였다. 빠져나온 목이 왼쪽에서 오른쪽으로, 또 오른쪽에서 왼쪽으로 돌아갔다. 이게 뭐지? 쭉 빠진 목은 왼쪽에서 오른쪽으로, 오른쪽에서 왼쪽으로 여러 차례 돌아갔다. 목을 제어할 수가 없었다. 목뿐만이 아니었다. 목에 이어 몸도 자동으로 움직였다. 강한 움직임이었다. 내 의도와 관계없었다. 허리에 힘이 들어가며 등이 쫙 펴졌고 허리가 왼쪽으로 비틀어지고 오른쪽으로 비틀어졌다. 상체가 숙어졌고 왼쪽 어깨가 아래로 오른쪽 어깨가 위로 향했다. 다시 반대로 오른쪽 어깨가 아래로 왼쪽 어깨가 위로 올라갔다. 의식으로 제어할 수가 없었다. 어떤 강한 힘이 강제로 몸을 비틀어가며 마사지를 해주는 느낌이었다.

저녁 명상을 하는 내내 나의 몸은 끊임없이 움직였다. 여전히 눈을 감은 채로 앉아 있었지만 내 몸, 특히 상체는 강하게 움직이고 있었다. 수행법사의 안내에 따라 저녁 명상을 마치고서야 비로소 움직임이 멈췄다. 이 움직임 덕분에 몸에 일어나는 강한 고통을 느끼지 않으면서 명상을 할 수 있었다. 시원해서 좋다는 마음이 올라왔지만, 한편으로는 걱정이 되고 궁금하기도 했다. 도대체 왜 이런 현상이 생긴 것인지, 무언가 잘못된 것 아닌지.

5.3 어떤 틀

눈을 감은 고엔카 선생과 얼굴을 긁고 있는 할머니의 모습이 스크린에 비쳤다. 선생이 눈을 뜨며 말을 시작했다. 할머니는 선생을 무심히 바라보고 있었다.

「넷째 날이 지났습니다. 여러분은 신체의 감각을 이용하여 자기 자신에 대한 진리를 탐구하기 시작했습니다. 인간의 의식은 눈, 코, 귀, 입, 피부라는 감각기관을 통해서 대상을 인지합니다. 이때 자신의 과거 경험에 따라 대상에 대해 좋다, 나쁘다는 판단을 내립니다. 누군가 당신에게 말하면 당신은 이 말이 '칭찬이다', '욕설이다'라는 판단을 과거의 경험에 따라 하는 것이죠.」

선생은 인간의 감각과 인지, 판단, 반응에 대해서 말했다. 선생의 말씀에 따르면, 과거 경험을 기준 삼아 인간은 신체 감각으로 인지한 정보의 좋고 나쁨을 판단한다. 현실에서 일어난 일을 있는 그대로 보지 못하고 자신의 과거 경험이라는 필터로 걸러내어 판단하는 것이다. 이 필터의 종류에 따라서 현실에서 일어난 일이 누군가에게는 유쾌해지고 누군가에게는 불쾌해진다. 유쾌한 감각은 갈망으로, 불쾌한 감각은 혐오로 발전하는 것이다. 갈망과 혐오는 점점 더 증폭하며 사람의 내부에 하나의 틀을 만든다. 그리고 사람은 그 틀 속에서 자신의 미래를 만들어나간다.

선생은 외모 때문에 다투는 사람들을 예로 들었다. 순간 나의 외모를 놀렸던 놈을 떠올렸다. 불쾌한 기분이 들었다. 마음속에서는 이미 망할 개자식이라고 욕지거리를 날리고 있었다.

가끔 타인의 외모를 평가하는 사람들이 있다. 칭찬을 하기도 하고 흠을 잡기도 한다. 말하는 이는 그저 무의식적으로 타인의 외모를 평가했겠지만, 만약 듣는 사람이 외모에 콤플렉스를 가지고 있다면 화내며 과격하게 반응할 수도 있다. 그 반응은 감정의 골을 깊게 만들기도 하고 싸움으로 발전하기도 한다. 싸움으로 발전하면 인생의 사건이 되어서 마음속에 앙금이 가득한 기억으로 남는다. 이 기억은 내면에 잠들어 있지만, 미래 언젠가에 비슷한 사건이 일어나면 과거의 기억과 함께 정말 빠른 속도로 깨어난다. 그리고 문제를 더 불거지게 만든다.

하지만 무의식 상태에서 반응하지 않는다면 어떨까? 고엔카 선생이 자문자답했다. 무의식에 따라 습관적으로 반응하지 않으면 아무 사건·사고가 일어나지 않는다. 이때 중요한 것은 반응하지 않는 것이다. 반응하지 않기 위해서는 인식-판단-감각-반응의 사이클을 깨야 한다. 위빠사나 명상으로 감각을 알아차리고 반응하지 않는 훈련에 정진하면 그 사이클을 깰 수 있다. 불쾌한 감각에 무의식적인 반응을 하지 않기 위해서는 감각을 알아차리는 연습을 꾸준히 해야 한다고 선생이 말했다.

선생은 그렇기 때문에 위빠사나 명상을 배우는 것이라고 말했다. 삶의 모든 순간에 맑은 의식으로 존재하기 위한, 무의식적이고 습관적인 반응으로 사건·사고를 만들어내지 않기 위한 기술이 위빠사나였다. 지금 여기, 이곳에서 행복한 삶을 사는 방법이었다.

내가 가진 틀은 무엇일까? 선생의 법문을 들으며 나의 틀을 생각했다. 혹시 나도 내가 만든 틀 안에서 스스로 갇혀서 살고 있는 것은 아닐까? 이런 생각과 함께 내 어린 시절이 주마등처럼 떠올랐다. 어린 나의 모습이, 과거의 기억들이, 내가 만들었던 사건·사고와 그로 인해 비롯된 불쾌한 기억들이 빠르게 스쳐 지나갔다.

「과거의 경험으로 현재를 판단하지 않고, 현재를 있는 그대로 받아들이며 살아나갑니다. 미래는 현재의 산물입니다. 현재가 좋으면 미래를 걱정할 필요가 없습니다. 미래는 좋을 것이 분명합니다.」

미래가 좋을 것이라니. 과연 나의 미래가 지금보다 좋아질까? 물론 지금보다 더 나빠질 것도 없지만. 얼마 전까지만 해도 멀쩡하게 잘 다니던 회사 생각이 났다. 차와 독립된 집무실과 비서와 매달 들어오던 적지 않은 돈. 앞으로는 어찌 살아야 하나? 아무 데서나 담배를 피우던 엘리트를 원망했다. 한문을 휘갈기며 잘난 체하던 정치꾼을 욕했다. 점점 더 호흡이 짧아지며 가슴이 아프다는 느낌이 들기 시작했다. 그때 26번이 큰 소리로 웃었다. 선생의 말을 놓치고 감정에 빠져 있었던 나는 웃음소리 덕분에 명상홀, 나만의 방석 위 현실로 돌아왔다.

선생은 사람 행동의 95%는 무의식에 의해 이루어지는데 무의식에서 일어나는 현상을 의식적 차원에서 알아차릴 수 있다면 무의식적인 반응으로 하는 행동도 없앨 수 있다고 말하고 있었다. 위빠사나 명상은 의식적 차원에서 알아차리는 연습을 통해서 의식과 무의식의 경계를 허물 수 있다고 했다.

「명상 수행 시간에는 평정심을 유지해야 합니다. 모든 감각에 대해 깨어 있되 반응하지 않는 연습을 해야 합니다. 명상 동안에 격심한 통증이 올라옵니다. 그럼에도 불구하고 반응하지 않고 평정심을 유지하며 그 통증을 관찰해야 합니다. 관찰하면 사라집니다. 끊임없는 관찰을 통해서 통증마저 사라지는 무상함, 그 무상함을 느껴야 합니다.」

「계속해서 정진하십시오. 수행을 정진하고 있으면 강한 고통뿐 아니라 미세한 감각도 느껴집니다. 손바닥, 발바닥에서 먼저 미세한 감각을 느끼고 나면 피부 여기저기에서 무언가 흐르는 느낌을 받을 것입니다. 강한 통증은 무의식에 뿌리 깊이 박힌 콤플렉스가 발현된 것입니다. 통증이 사라지면 콤플렉스도 사라집니다. 주의해야 할 것은 평안한 마음을 유지한 상태에서 통증을 관찰해야 한다는 것입니다. 불안정한 마음은 콤플렉스에 에너지를 부여하여 더 강화시킵니다. 사라지는 것에 집착할 필요가 없습니다. 평안한 마음을 유지하십시오.」

나는 산책을 하며 콤플렉스가 통증으로 나타난다는 선생의 말을 곱씹었다. 선생의 말이 맞는다면, 내가 지금 느끼고 있는 수많은 통증은 내 무의식에 뿌리 깊이 박힌 해결되지 않은 감정, 다시 말해 콤플렉스가 일으키는 것이었다.

이렇게 강한 통증을 느끼는 나는, 도대체 얼마나 많은 콤플렉스가 박혀 있는 것인지. 그리고 그것의 근원은 무엇인지.

명상 중에 호흡이 거슬린다면

명상을 할 때 호흡이 잘 안된다고 말하는 분들이 있다. 평안하고 깊은숨을 쉬고 싶은데 가슴으로 조급한 숨을 쉰다는 것이다. 명상 중에 호흡을 관찰하며 깨달은 사실일 터다.

무엇이든 잘하고 싶은 마음이 있다 보니, 호흡도 잘하고 싶은 마음이 생긴다. 이런 마음 때문에 가슴으로 쉬는 짧은 숨이 여간 신경이 쓰이는 게 아니다. 그러다 보니 호흡을 잘하려고만 노력하게 되고 호흡이나 생각을 관찰하는 것, 감각을 느끼는 것은 뒷전이 되는 경우도 있다. 나도 그랬다. 명상 초기에는 호흡을 깊게 잘해야 한다고 생각했다. 깊이 들이쉬고 길게 내뱉으려 노력했다. 신경이 많이 쓰였다. 물론 지금은 호흡을 잘하려고 애써 노력하지는 않는다. 명상이란 호흡 방법을 수련하는 게 아니기 때문이다.

호흡을 통한 수련 방식에는 단전호흡이 있다. 단전호흡에서는 표준적인 호흡 방법을 가이드하지만 위빠사나 명상에서는 호흡 방식을 가이드하지 않는다. 그냥 편안하게, 평소처럼 할 것을 권고한다. 호흡을 잘하려고 노력할 필요가 없다. 호흡은 사람의 마음 상태를 반영한다. 다툼으로 흥분한 사람들을 보면 호흡이 크고 거칠어지며 마음이 불안하면 호흡이 짧아진다. 그렇기에 호흡을 가다듬으려는 노력보다는 마음을 평안한 상태로 유지하는 게 중요하다.

그런데, 어떻게 하면 마음을 평안한 상태로 유지할 수 있을까? 하루에도 오만 가지 생각이 들면서 마음도 이랬다저랬다 하지 않는가. 생각이 잠잠해지지 않고서야 편안한 마음을 기대하기는 어렵다. 마음이라는 바다에서 생각이라는 파도가 잠잠해져야 한다. 생각은 움직이는 에너지다. 생각은 또 다른 생각을 불러온다. 그러다 급기야 현실이 아닌 생각에 매몰된다. 만약 부정적인 생각에 매몰되어 있다면 그 순간 분노하고 화를 내게 된다. 호흡이 짧아지고 거칠어진다. 마음을 평안하게 유지하기 위해서는 마음의 상태를 알아차려야 한다. 자신의 마음 상태를 알아차리는 방법은 호흡을 관찰하는 것이다. 호흡을 잘하려고 하지 않고, 호흡과 호흡이 거칠어지는 순간의 생각을 관찰하면 된다. 의도적으로 긍정적인 생각을 하려고 할 필요도 없다. 생각을 관찰하면 생각은 서서히 잠잠해진다.

나는 명상을 할 때는 호흡을 잘하려고 노력하지 않고 관찰을 하지만, 평상시에는 복식호흡을 하려고 신경을 쓰는 편이다. 복식호흡으로 길게 호흡하면 마음을 평안하게 하는 데 도움이 된다. 아무래도 호흡이 짧으면 쉽게 긴장하고 조급해지기 마련이다. 호흡이 길면 마음이 안정된다. 조급증과 불안함을 덜 수 있다. 일상에서도 호흡을 관찰하고 복식호흡을 해보자. 들숨과 날숨에 따라 움직이는 배의 감각을 느껴보자. 어느 순간 복식호흡이 습관이 되고 알아차림의 능력이 올라갈 것이다.

6. 다섯째 날

6.1 나물 반찬

새벽 명상을 알리는 종소리가 들렸다. 지난밤처럼 꿈도 꾸지 않고 깊은 잠을 잤다. 잠들기 전에는 내심 걱정을 했다. 잠이 오지 않으면 어쩌나. 그야말로 걱정이었다. 언제, 어떻게 잠이 들었는지도 몰랐다. 몸을 일으켜 베개를 가지런히 정리했다. 침대 위 이불을 판판하게 펼쳤다. 간단히 세면을 하고 명상홀에서 마실 따뜻한 물을 받았다. 평소보다 빨리 명상홀에 들어갔지만 역시나 많은 사람이 그들만의 방석 위에서 명상에 빠져 있었다.

두툼하게 깔린 방석 밑으로 방석을 하나 더 넣었다. 어제부터 엉덩이에 방석을 접어 넣은 사람들을 보고 따라 했다. 엉덩이가 올라가자 허리가 곧게 펴지고 다리 저림이

덜했다. 새벽 한기를 피해 담요를 어깨에 둘렀다. 눈을 감았다. 호흡에 집중했다. 차가운 공기가 콧구멍을 통해 들어왔다. 몸속에서 데워진 공기가 콧구멍에 부딪히며 밖으로 나갔다. 미세한 바람이 인중을 간질였다. 호흡이 점점 더 느려졌다. 또 깊어졌다. 숨이 배꼽 아래까지 깊숙이 내려간 후에 천천히 올라왔다.

옆자리에서 부스럭거리는 소리가 들렸다. 22번이 방석을 치우며 자리에 앉았다. 방석도 깔지 않고 맨바닥에 앉는 22번이 신경 쓰였다. '방석을 더 깔아도 몸이 아플 텐데'라는 생각이 스쳐 지나갔다. 주의를 호흡에서 몸으로 옮겼다. 몸의 감각을 느끼며 머리부터 발끝까지 7센티 단위로 나누어 천천히 스캔했다. 팔과 다리는 오른쪽 먼저 스캔하고 다시 왼쪽으로 주의를 이동시켰다.

불과 십여 분밖에 지난 것 같지 않은데 몸에 통증이 올라오기 시작했다. 목에 주의를 주고 있을 때, 움찔움찔하는 느낌이 일었다. 그러다 갑자기 몸이 저절로 움직이기 시작했다. 이 자동 스트레칭 덕분에 몸에 올라오는 통증이 줄어들긴 했다. 스스로는 절대 할 수 없을 정도의 강한 힘으로 목을 좌우로 늘렸고 우에서 좌로, 좌에서 우로 돌렸다. 허리를 좌우로 비틀었으며 등을 강한 힘으로 밀었다. 척추가 꼿꼿하게 펴졌다. 등을 둥그렇게 말아 올리기도 했다. 도무지 제어할 수 없는 강한 힘이었다.

새벽 명상뿐만이 아니었다. 오전 명상에도 자동 스트레칭이 이어졌다. 모두 눈을 감고 집중하고 있는 가운데 나는—내가 의도하지 않았으니 내가 아닐 수도— 자동 스트레칭에 빠져 있었다. 몸이 계속 움직였다. 자동 스트레칭이 반복되면서 그 시작점을 발견했다. 목과 어깨가 만나는 지점의 톡 튀어나온 뼈, 그곳에 집중하기 시작하면 뭔가 간지러운, 혹은 저릿저릿한 느낌이 올라왔고 그러면 어김없이 자동 스트레칭이 일어났다. 모두 눈을 감고 있으니 망정이지, 누가 봤으면 가만히 앉아 명상하는 사람 중에 춤추는 사람이 있다고 했을지도 모르겠다.

어느 순간 자동 스트레칭이 즐거워졌다. 나에게 만성적인 통증을 만들었던 일자목과 둥그렇게 말린 어깨와 등, 딱딱한 승모근을 쫙쫙 펴주니 좋을 수밖에 없었다. 또 이 현상 덕분에 고통스러운 생각에서 잠깐이라도 빠져나올 수 있었다. 저절로 움직이는 몸을 신경 쓰면서 생각이란 놈들이, 특히 고통스러운 생각들이 이전보다 적게 올라왔다. 반면에 두려움이 생겼다. 이러다 큰일 나는 거 아닌가 하는 두려움이었다.

자동 스트레칭은 오전 내내 내 몸을 이리저리 비틀었다. 좌로 한 번 우로 한 번 몸이 비틀리고 있을 때 고엔카 선생의 찬팅이 흘러나왔다. 여기저기 뱉어내는 수행자들의 신음 소리가 동기화되어 홀을 가득 메울 즈음 오전 명상 시간이 끝났다. 이제 쉴 수 있다는 안도의 한숨이 사방에서 터져 나왔다.

식당으로 향하는 사람들의 발걸음이 빨라진 것처럼 느껴졌다. 사람들의 몸이 더 가벼워진 것인지, 아니면 배가 더 고파진 것인지, 그도 아니면 그저 내 느낌뿐이었는지 모르겠다. 빠른 발걸음을 따라가는 나의 걸음도 보다 경쾌해진 것 같았다. 기분이 좋았다. 오늘 점심은 뭘까? 맛있는 밥이었으면 하는 기대감에 빠져 걷고 있을 때 26번이 이리저리 몸을 흔들며 내 앞으로 걸어갔다. 밥을 한 숟갈 먹을 때마다 몸을 흔들며 춤을 추던 큰딸과 그 모습을 가만히 지켜보던 작은딸이 생각났다.

23번이 식판 가득 밥을 먹고 있었다. 초겨울, 반바지 차림이었지만 열심히 밥을 먹는 그의 얼굴에 땀이 한줄기 흘러내렸다. 풍선처럼 부풀어 있는 그의 배가 힘겹게 움직였다. 22번은 여전히 다리를 꼬고 시니컬한 표정으로 밥을 먹었다. 듬성듬성 몇 가닥 길게 나온 턱수염들이 눈에 띄었다. 수북하게 산적처럼 나온 내 턱수염과는 너무나도 달랐다. 22번의 발이 까딱거렸다. 배가 고팠다. 별생각 없이 식판으로 눈을 돌려 밥을 먹기 시작했다. 식판 위, 간소한 나물 반찬이 마음에 들었다. 어릴 때 엄마가 해주던 나물 반찬처럼 상큼하고 고소했다.

점심 후에 조용한 마당 한편 벤치에 앉았다. 봄볕 같은 겨울 햇빛을 맞으며 참새들이 날아다녔다. 햇빛 속에서 눈을 감았다. 짹짹거리는 참새 소리가 좋았다. 따뜻했다. 의식이 점차 흐려져 갔다. 잠에 빠진 듯 혹은 아닌 듯 햇빛을 느끼며 귓속을 자극하는 참새 소리에 빠져 몽롱해져 갔다. 시간이 멈춘 듯했다.

"야야, 밥 먹고 자라. 밥 먹고 자."

유난히 햇빛이 좋던 어느 날, 낮잠에 빠진 어린 나를 깨우던 엄마의 목소리가 들렸다. 목구멍으로 밥이 한 숟갈 쑥 들어왔고 뭔지도 모르고 입을 오물거리며 먹던 내 모습이 떠올랐다. 게슴츠레 눈을 뜨고 바라보던, 장난스럽게 웃고 있던, 사랑이 묻어나던 엄마의 얼굴이 떠올랐다. 엄마의 얼굴. 사랑이 묻어나던 엄마의 목소리. 엄마가 해주던 나물 반찬. 그날, 내가 옥상에서 떨어진 날, 엄마의 피로에 찌들어 초점 없는 눈빛이 떠올랐다.

유난히 햇빛이 좋은 날이었다. 센터의 정원이 온통 온기로 가득한 날이었다.

6.2 춤을 추듯

종소리가 울렸다. 사람들이 하나둘 명상홀로 이동했다. 나도 그 틈에 끼어 명상홀에 들어갔다. 밖은 유난히 밝은 햇빛이 가득했지만 홀 안은 마치 새벽같이 희뿌연 어둠에 잠겨 있었다.

오디오를 통해 소울 넘치는 랩과 같은 찬팅이 흘러나왔다. 팔리어인지 산스크리트어인지 아니면 인도 어느 지방의 말인지 알 수 없는 고엔카 선생의 찬팅이 계속되었다. 무슨 말인지 전혀 알 수 없었다. 에너지가 느껴질 뿐. 어떤 에너지라고 단언할 수는 없지만, 명상가들의 정신적, 영적 성장을 북돋우는 우주의 에너지라고 할 수는 있겠다. 이어서 고엔카 선생의 목소리가 흘러나왔다.

「머리부터 발끝까지, 발끝에서 다시 머리까지 순서대로 천천히 몸의 부분 부분을 관찰하십시오. 통증으로 나타나는 거친 감각을 느껴도 반응하지 말고 관찰합니다. 관찰하면 통증이 서서히 사라지는 것을 알게 될 것입니다. 어떤 부위에서는 아무런 감각도 느껴지지 않을 수 있습니다. 그래도 잠시 머물며 관찰하면 어떤 미세한 감각이 잠깐씩 느껴질 것입니다. 그것이 누적되면 아무리 미세한 감각이라도 늘 알아차릴 수 있을 것입니다.」

선생은 지난밤에 안내했던 위빠사나 명상 수행 방법을 다시 말했다. 나는 '과연 통증이 사라질까?' 하며 반신반의했다. 통증이 너무 강했기 때문이다. 이놈의 통증이 과연 관찰한다고 없어질 것인지 도저히 믿을 수가 없었다. 육체의 고통은 나를 끝없는 회의와 암흑 같은 기억 속으로 밀어 넣고 있었다.

「미세한 감각이 느껴지지 않아도 걱정하지 마십시오. 관찰하다 보면 미세한 감각을 느낄 수 있으며, 미세한 감각을 느꼈다고 기뻐하지도 마십시오. 거친 감각을 혐오하고 미세한 감각을 갈망해서는 안 됩니다. 평정한 마음이 중요합니다.」

나는 엄청난 통증에 압도된 상태라, 이놈의 통증만 없어도 좋겠다는 생각뿐이었다. 도무지 미세한 감각은 느껴지지도, 느끼고 싶지도 않았으며 느낄 수 있다는 선생의 말도 귀에 들어오지 않았다.

「통증이 느껴질 때 콤플렉스를 유발한 사건이나 그때의 감정이 떠오를 수 있습니다. 그 생생한 느낌에 불쾌한 감정이 일어날 수도 있으나, 평정한 마음으로 그저 관찰하십시오. 평정한 마음을 유지하면 떠오른 콤플렉스가 천천히 해소됩니다. 평정한 마음은 콤플렉스에 더 이상의 부정 에너지를 주지 않습니다. 더 이상 콤플렉스가 아닌 것이 됩니다.」

선생의 짧은 가이드가 끝났다. 홀 안에는 위대한 침묵이 흘렀다. 나는 호흡에 집중하는 아나빠나 명상을 멈추고 몸의 감각을 느끼는 위빠사나 명상에 접어들었다. 머리부터 시작하여 천천히 몸의 부분 부분을 관찰해나갔다. 정수리, 이마, 눈, 코, 입, 귀 목을 지나 목과 등이 만나는 지점에 집중했을 때 다시 몸이 움찔거리며 움직이기 시작했다. 오전과 마찬가지로 스트레칭이 스스로 시작되었다.

반응하지 말라고 했음에도 불구하고 나는 오후 내내 춤을 추듯 무의식적으로 반응하고 있었다. 도대체 이런 자동 스트레칭은 왜 일어날까? 의식하지 않아도 몸이 움직이는 이런 경우가 가능할까? 어떤 무의식 차원의 힘이 아닐까? 스스로 움직이는 몸을 관찰하며 나는 이런 생각들에 빠져들었다.

자동 스트레칭이 일어난 지점들은 모두 평소에 약간은 불편한 곳이었다. 그런 부위에 집중하면 움찔하며 스스로 움직이기 시작했는데 대표적인 곳이 바로 목이었다. 사무직 노동자들이 겪는 고통 중에 하나겠지만, 나 또한 목이 거북목에 가까운 일자목이었다. 아저씨가 되면서 나오기 시작한 뱃살 덕분에 목이 점점 펴져서 일자목이 된다는 처방을 받고 뱃살을 빼려는 노력도 잠깐, 정말 잠깐 했다. 어깨와 목을 연결하는 승모근은 큰 머리를 받치느라 늘 굳어 있었다. 종일 컴퓨터 앞에 앉아 일하는 사람답게 허리도 아팠으며 등에는 통증을 달고 살았다. 이런 통증을 달고 살다 보니 자주 스트레칭을 하며 고통을 줄여보려 했다. 한데 그 스트레칭의 순서가 명상 간에 이루어지고 있는 자동 스트레칭과 비슷했다. 자동 스트레칭에 대한 생각이 계속되면서 내 몸이 늘 해오던 스트레칭의 순서를 기억하고 스스로 움직이는 것일지도 모르겠다고 결론에 다다랐다.

시간이 지나며 자동 스트레칭 때문에 놀랐던 마음이 사라지고 당연한 듯 익숙해진 느낌이 들었다. 다시 온갖 기억들, 생각들이 떠오르기 시작했다. 생각들이 연속적으로 전혀 개연성 없이 올라오고 사라지기를 반복했다. 춤을 추듯 움직이는 몸을 따라 그 시절의 사람들과 내가 남긴 흔적들, 아픔들이 올라오고 또 올라왔다.

기억과 생각은 나에게 그 시절의 상황을, 그리고 그때의 감정을 불러일으켰다. 감정은 또 다른 감정을 불러왔으며 마치 그 시절 그때로 내가 돌아간 듯 슬픔과 연민, 자괴감과 죄책감이 밀려왔다. 내 몸이 끊임없이 움직이듯 나의 내면은 끊임없는 전쟁을 치르고 있었다. 그것은 묵은 감정과의 싸움, 내 속에 살아 있는 과거의 나와의 싸움이었다. 그 전쟁에서 누가 살아남을지는 도무지 알 수 없었다.

6.3 한 톨의 찌꺼기

저녁 8시. 다섯째 날의 법문이 시작되었다. 명상홀의 벽에 등을 기대는 사람이 늘었다. 뒤쪽 벽면, 백발의 할아버지 옆은 23번의 고정석이 되어버렸다. 자전거를 타고 온 외국인도 오른쪽 벽면에 기대앉았다. 22번도 벽면으로 기대앉았다. 나도 그들처럼 기대앉고 싶었다. 하지만 빈틈없는 공간에 내가 기댈 자리는 없었다. 그저 엉덩이를 푹 누르고 방석 위에 앉아야만 했다.

선생이 길게 늘어진 눈을 떴다. 동양화에서나 볼 수 있을 정도로 길게 늘어진 현자의 눈 같았다.

「여러분은 통증과 같은 거친 감각을 체험하고 있습니

다. 이런 고통은 과거에도 있었습니다. 하지만 여러분은 고통을 거부하고 기쁨을 찾아가는 방식으로 반응했습니다. 그렇기 때문에 그것을 관찰할 수 없었죠. 여러분은 지금 감각을 자신과 동일시하지 않고 감각에 반응하지 않으면서 객관적으로 감각을 관찰하는 방법을 배우고 있습니다.」

나는 여전히 알 수 없었다. 위빠사나 명상을 하고 있으면서도 여전히 고통, 감각, 생각이 나인 것처럼 느껴졌다. 어떻게 나인 것을 나로부터 분리해서 관찰할 수 있는지. 특히 생각하면서 어떻게 생각을 관찰할 수 있는지 이해가 되질 않았다. 데카르트는 '나는 생각한다. 고로 존재한다.' 라고 하지 않았나. 그러니까 너희도 생각 좀 해라. 고등학교 도덕 시간에 핀잔과 함께 뻔질나게 들었던 말이다.

도대체 무엇이 맞고 무엇이 틀린 것인지 알 수 없었다. 어려웠다. '생각하지 말아야지' 하는 다짐은 잠시뿐, 명상이 시작되면 곧 고통 속으로 빠져들었고 생각 속으로 빠져들었다. 내가 지금 무엇을 하고 있는지, 내 주위에 무엇이 일어나고 있는지 제대로 인식하지 못했다. 선생의 말처럼, 나의 고통과 감각, 생각을 객관적으로 볼 수 있을까. 고통의 원인을 찾아 한 톨의 찌꺼기도 남기지 않고 깨끗하게 만들고 싶었다. 새롭게 태어나고 싶었다. 맑고 순수한 영혼으로.

「우리는 일생에서 싫어하는 것을 만나며 좋아하는 것과 헤어집니다. 원하는 일은 일어나지 않는데 오히려 원하지 않는 일이 일어납니다. 고통스럽습니다. 생각하면 할수록, 집착하면 할수록 더 고통스럽습니다. 여러분, 고통의 원인은 집착입니다. 자신의 욕구와 갈망에 대한 집착, 나와 나의 것에 대한 집착, 자신의 생각과 믿음, 종교적 관습에 대한 집착. 이러한 집착이 바로 고통의 원인입니다.」

선생은 영원하지 않은 존재가 끊임없이 변화하는 것들에 집착하면 고통이 만들어진다고 말했다. 세상에서 오직 변하지 않는 것은 모든 것이 변한다는 사실뿐이다. 그렇기 때문에 집착하면 할수록 고통이 커질 수밖에 없다는 말이었다. 세상의 모든 것에 집착하지 않는 삶, 과연 그런 삶이 가능할까? 불가능하다면 결국에는 고통을 받아들여야 하는 것인가?

「집착은 좋아함과 싫어함이라는 순간적인 정신적 반응에 의해 생겨납니다. 갈망과 혐오와 같은 정신적 반응은 사람의 육체적 감각에 의해서 발생합니다. 사람은 감각에 대해서 무의식적으로 반응을 하죠. 반응하고 나서야, 문제를 만들고 나서야 후회를 합니다.」

선생은 강한 정신적 반응과 그것으로 인해 일어난 결과를 통틀어 상카라라 일컬었다. 상카라. 그것은 무의식에 쌓인 찌꺼기며, 또 다른 찌꺼기를 만들어내는 정신 반응이라 했다.

「위빠사나 명상을 통해서 감각을 알아차리고 반응하지 않는 능력을 키울 수 있습니다. 위빠사나 명상을 수행하는 동안에 무의식 차원의 콤플렉스가 의식 차원으로 떠오릅니다. 이때 통증이 함께 올라옵니다. 통증은 콤플렉스의 육체적 표시입니다. 강한 통증이 올라오는 그 부위에 자신의 콤플렉스가 깊이 숨겨져 있는 것입니다.」

「계속해서 관찰하십시오. 관찰하면 통증이 해소되고 숨겨진 콤플렉스가 해소됩니다. 그리고 또 다른 콤플렉스가 올라옵니다. 콤플렉스, 무의식 속 찌꺼기가 해소되면서 차츰 좋은 삶을 살아갈 수 있습니다. 더 이상 찌꺼기를 만들지 않는 삶, 현재가 충만한 삶이 가능해집니다.」

법문이 끝났다. 신나게 웃어 젖히던 26번도, 벽에 힘겹게 기대어 있던 할아버지와 배가 산처럼 나와 있던 23번도, 그리고 내 옆자리 22번도, 또 다른 이들도 모두 숙소로 돌아갔다. 숙소 밖에는 아무도 없었다. 별과 달과 밤하늘과 가로등, 간간이 들려오는 개 짖는 소리와 자동차 달리는 소리뿐. 나는 그 모든 것이 펼쳐진 공간을 탑돌이 하듯 걸었다.

고통의 원인은 집착이라는 선생의 말이 떠올랐다. 그렇다면 내 고통의 원인도 집착일 터다. 회사에서 보직해임을 당한 것도 나의 어떤 집착, 혹은 욕심이 원인이 된 것이 아닐까 생각이 들었다.

나는 갑작스러운 임원 인사 발령에 당황했다. '하고 싶지 않다'는 마음과 '어떻게든 되겠지' 하는 마음 사이에서 갈등했다. 그렇다. 어쩌면 욕심이었을 수도 있다. 능력이 없거나, 준비가 되어 있지 않았거나. 어쨌든 무의식 깊이 욕심이 있었던 게 분명하다. 만약 그때 내가 좀 더 지혜로웠다면 사양할 수 있었을까? 알 수 없다. 만약은 가정일 뿐.

시간은 잔인하다. 이미 벌어진 일을 돌이킬 수는 없다. 그저 선택의 결과를 받아들일 뿐.

숙소의 불이 하나둘 꺼졌다. 곧 꿈속으로 빠져들 수행자들과 달리 나는 나의 집착을 돌아보고 있었다. 집착으로 인해 일어났던 갈등과 좌절, 관계의 단절을. 그렇게 내 무의식에 쌓여 왔던 상카라들을. 내가 집착했던 수많은 상황이, 그 기억들이 하나둘 떠올랐다.

'왜 그런 일들이 나에게 일어났을까?'

스스로 물었다. 묻고 또 물었다. 내 집착의 근원을 알고 싶었다.

명상, 잘하고 있는 걸까?

명상을 갓 시작했을 때는 '잘하고 있는 건가?' 하는 의구심을 자주 가졌다. 마음을 잡고 자리에 앉아 호흡하며 코에 집중하지만, 끊임없이 생각이 올라왔으므로 대체 내가 잘하고 있는 건지 의심하지 않을 수 없었다.

아침 명상 모임에 참가한 사람들도 이런 의구심을 가진 사람들이 있었다. 그들도 내가 그랬던 것처럼 잘하고 있는 것인지 모르겠다고 했다. 명상을 갓 시작한 사람들이라면 누구나 자신이 지금 올바르게 하고 있는 것인지 생각하기 마련이다. 그런데 '명상을 잘하고 있다'는 건 어떤 의미일까? 애매모호하다.

명상에 어떤 성과가 있다면 자신이 명상을 잘하고 있

다는 것을 명확히 알 수 있다. 명상의 성과는 자신감과 활력으로, 기쁨과 충만함으로 나타나는 경우가 많다. 명상이란 삶을 잘 살도록 도움을 주는 기술이기 때문이다. 삶을 잘 산다는 것은 무슨 고매한 철학적인 것이 아니라, 스스로 자기 인생의 주인으로 사는 것이 아니겠는가. 주체적으로 삶을 사는 사람은 인생을 전쟁터가 아닌 놀이터로 여긴다. 이들에게는 타인에게 잘 보이려는 노력이 필요 없다. 스스로 원하는 대로 사는 것이기 때문이다. 일상에 자신감이 생기고 활력이 있으며 두려움이 없어지고 도전을 꺼리지 않는다. 타인에게 친절해지고 배려심이 깊어진다. 명상을 시작한 이후로 생활에서 이런 변화를 느끼고 있다면 명상을 잘하고 있다고 받아들여도 좋을 것 같다.

하지만 이런 성과를 몸으로 느끼는 데는 시간이 좀 걸린다. 그러다 보니 자신의 명상 수련에 대해서 의구심과 회의를 느낀다. 그런 경우, '명상, 잘하고 있는 건가?' 하고 질문을 던지게 된다. 명상하는 중에 온갖 생각이 올라오고, 그대로 생각에 빠져서 명상을 하는 것인지 안 하는 것인지 모르는 상태가 된다. 생각이 올라와서 마음을 들쑤셔 놓으면 당연히 의구심이 더 깊어질 수밖에 없다.

생각이 없어졌으면 하겠지만 좀처럼 없어지지 않는다. 생각이 올라오는 건 당연한 일이기 때문이다. 올라오는 생각을 없애려는 노력은 부질없다. 그저 내버려 두고 바라보며 적극적으로 생각을 파고들지는 말아야 한다. 이때 올라오는 생각은 의식적으로 하는 논리적인 사고가 아니기 때문이다. 심장이 뛰는 것처럼 자동적으로 올라오는 생각이니, 그저 내버려 두자. 다만 생각에 빠져드는 것은 고쳐야 한다. 생각에 빠지면 생각을 객관적으로 관찰하지 못하게 되기 때문이다.

생각은 사라지지 않는다. 생각을 없애려 노력하지 말고 꾸준히 명상을 하다보면 삶에 변화가 일어난다. 일상에서 행복감을 느끼고 활력이 생기며 하고 싶은 일이 생긴다. 명상의 효과가 발현되는 거다. 스스로 잘하고 있는지 의구심에 빠져서 포기하면 결코 얻을 수 없는 성과다.

7. 여섯째 날

7.1 면담

분주한 발걸음 소리에 잠을 깼다. 새벽 종소리를 듣지 못했다. 3일째 꿈이 없는 잠을 잤다. 엘리트도 정치꾼도 없으며 그 어떤 시간도 없는 깊은 잠.

명상홀 안은 자리가 듬성듬성 비어 있었다. 이소룡을 닮은 22번 자리도 역시 비어 있었다. 숙소에서 명상을 하는 것인지, 아니면 잠을 자는 것인지. 쓸데없는 궁금증을 털어버리기 위해 눈을 감았다. 아나빠나 명상을 하며 호흡에 집중했다. 숨이 들어가고 나오는 그 감각을 느꼈다. 호흡이 점점 느려졌다. 들숨이 코를 통해 들어와 가슴을 타고 내려가 아랫배 끝까지 내려가는 느낌이 들었다. 아득한 숨. 천천히 부풀어 올랐던 배가 다시 가라앉으며 숨이 빠져나갔다. 태고의 평안함.

그런 평안함 속에서도 생각들이 서서히 올라오기 시작했다. 벽에 기대고 있는 할아버지와 23번 생각, 여자 수행자들 사이 기침 소리에 대한 생각, 22번은 분명 숙소에서 잠을 자고 있을 거라는 생각. 22번을 닮았던 친구가 떠오르기도 하고, 다른 수많은 관계와 그 속의 갈등과 만남과 헤어짐이 떠오르고 사라졌다. 생각과 함께 몸에는 통증이 올라왔다. 아나빠나에서 위빠사나로 들어간 후에는 역시나 몸이 스스로 움직이며 자동 스트레칭을 시작했다.

이걸 누가 보면 엄청 이상하겠다는 생각을 하면서, 이제껏 평생 느껴보지 못했던 시원함을 느꼈다. 이제껏 내가 가지고 있었던 몸의 통증을 아주 솜씨 좋고 힘 좋은 이가 강한 안마로 풀어주는 느낌이 들었다.

새벽에 시작한 자동 스트레칭은 오전이 되어서도 끊어지질 않았다. 한편으로는 자동 스트레칭을 즐겼고, 한편으로는 걱정을 했다. '그냥 몸이 알아서 동작하는 것을 뭐 어떻게 하겠어?'라는 마음, 또 '이러다 뭔가 잘못되면 어쩌지?' 하는 마음이 일었다. 그러나 스스로 멈춰야 한다는 의지를 품지는 않았다. 그저 내버려 두었다. 덕분에 명상하는 내내 어떤 쾌감을 느꼈으며 고통 어린 신음 소리 하나 내지 않았다. 몸과 달리 마음은 올라오는 과거의 기억들로 인해 여전히 고통스러웠다. 망할 놈의 기억이란 도대체.

그러다 불현듯 자동 스트레칭이 '어떤 상카라가 아닐까?' 하는 생각이 들었다. 지난밤 고엔카 선생의 법문에서 상카라라는 것이 어떤 정신적 반응이면서 그 반응이 만들어 낸 결과라고 하지 않았는가. 어쩌면 자동 스트레칭은 내 무의식에 박혀 있는 상카라가 표현이 된 것일지도 모른다는 생각을 했다. 책상머리에 앉아 일만 하다 얻은 사무직 노동자의 묵은 통증 혹은 상카라. 그 상카라가 명상 간에 얻은 육체의 고통을 경험하며 터져 나온 게 틀림없다는 생각에 이르렀다. 유레카! 나는 천재일지도 모른다고 생각했다. 자화자찬이다. '다른 사람들은 이런 걸 모를 거야, 오직 나만 알 거야.' 하는 별 우습지도 않은 자만심이 올라왔다. '야, 말해. 다른 사람한테 알려줘. 이건 대단한 발견이야.' 이런 목소리가 들려왔다. 목소리는 끊임없이 나를 유혹했다. 알리고 싶었다. 말하고 싶었다. 알려야 한다는 의무감이 올라왔다. 나만 알고 있으면 안 된다는 이상한 욕망이 올라와서 결국, 참지 못했다.

나는 수행법사와의 개인 면담을 요청했다.

점심 후 주어진 개인 정비 시간에 하얀 법복을 걸친 네팔인 수행법사와 마주 앉았다. 통역도 수행법사의 옆에 앉았다. 나는 통역을 슬쩍 한 번 보고 서툰 영어로 말했다. 머릿속에서 '그렇게 하면 너 좀 잘난 것처럼 보일 거야' 하는 목소리가 들렸다. 그 목소리를 알아차렸으면서도 아무렇지 않게 통역의 일을 가로챘다.

"보세요. 명상할 때 제 몸이 이렇게 움직입니다."

더듬더듬 설명했지만 법사가 이해하지 못했다. 젠장, 말도 안 되는 소리를 한다는 목소리가 들려왔고 그냥 보여주라는 목소리가 들리기도 했다. 그냥 직접 보여주기로 하고 법사 앞에서 명상을 하기 시작했다. 나는 목과 등이 만나는 지점의 툭 튀어나온 뼈에 주의를 기울였다. 이내 목이 앞으로 쑥 빠져나오면서 좌에서 우로 한 바퀴 돌았다. 다시 우에서 좌로 한 바퀴 돌았다. 좌로 한 번 쭉, 우로 한 번 쭉 빠져나오며 스트레칭을 했다. 상체가 앞으로 나오며 왼쪽 한 번, 오른쪽 한 번 비틀어졌다. 강한 힘이었다. 몸의 부분 부분이 뒤틀어지며 늘어날 때는 몇 초간 그 동작으로 멈추어 있었다. 내 의지대로 움직이지 않았다. 마치 발갛

게 타오르는 연탄불 위에 오징어 굽듯이 온몸이 막 뒤틀어지고 있을 때, 수행법사가 말했다.

"스탑!"

순간 자동 스트레칭이 멈춰졌다. 나는 당황스러웠다. 너무도 쉽게 멈춰졌기 때문이다.

"왜 자동 스트레칭이 일어나는 걸까요?" 나는 수행법사에게 물었다.

"..." 수행법사는 그저 웃고 있었다.

"이거 음, 상카라라고 하는 그거 아닐까요?" 하고 확신없이 주저주저하며 말했다.

"노. 상카라가 아닙니다."

"..."

"그것을 의식적으로 하지 마십시오. 명상할 때 몸이 움직이는 순간을 알아차리십시오. 그리고 알아차리는 순간 그것을 의식적으로 하지 마십시오."

알아차리고 의식적으로 그것을 하지 말라는 수행법사의 말로 면담은 끝이 났다. "네" 하고 자리를 뜰 수밖에 없었지만 나는 내 위대한 발견을 수행법사가 몰라준다고 생각했다. 실망스러웠다. 위대한 나의 발견을 막 자랑하고 싶었는데.

「오늘부터는 몸을 스캔할 때 양쪽 팔과 다리의 감각을 동시에 느낍니다. 양쪽 팔과 다리의 감각을 순서대로 관찰하던 것을 두 팔을 동시에, 두 다리를 동시에 스캔하면서 관찰합니다.」

오후 명상 시간. 고엔카 선생의 가이드와 함께 오후 명상이 시작되었다. 선생의 말이 끝난 후, 나는 본격적인 명상에 들어갔다. 코에 집중하며 호흡을 알아차리는 아나빠나 명상 후에, 몸의 감각을 느끼는 위빠사나 명상을 시작했다. 관찰 지점이 목에 이르렀다. 내 위대한 발견을 그냥 대수롭지 않게 넘겼던, 수행법사의 말이 떠올랐다. 목에 어떤 떨림, 찌릿한 전기 자극 같은 것이 올라왔다. 목이 움찔거리기 시작했다.

7.2 삶이 데려온 곳

움찔움찔 자극이 왔다. 찌릿찌릿한 느낌이 전달되었다. 미세한 떨림이 느껴지며 목이 앞으로 쭉 빼져나왔다. 목과 등이 만나는 지점에서 시작하는 그 전기적 자극을 알아차렸지만 결국 몸이 먼저 반응해버렸다. 어깨가 왼쪽 오른쪽으로 젖혀진 후 위아래로 올라갔다 내려왔다. 등 근육 하나하나가 앞으로 쭉 당겨지며 척추가 투두둑 소리를 내며 곧게 펴졌다.

허리가 좌우로 비틀어졌다. 자동 스트레칭이 벌어지는 것을 의식하고 있었지만 결국 의지로 어쩌지 못했다. 아니, 어쩌면 바라고 있던 건지도 몰랐다. 온몸을 타고 흐르는 시원한 느낌, 그 느낌을 얼마나 갈망했던가.

오랫동안 사무직 노동자로 일했다. 자리에 한 번 앉으면 몇 시간이고 일어나지 않았다. 몇 시간씩 꼼짝하지 않으며 자판을 두드렸고 무슨 원수진 마냥 모니터를 뚫어지게 보며 일했다. 그렇게 보고서를 만들고 프로그램을 짜고 프로젝트 제안서를 써냈다. 그런 시간이 20여 년 누적이 되면서 등과 어깨, 허리, 손목의 통증은 고질병이 되었다. 운동도 하고 치료도 받았으나 고질병은 잠깐의 노력으로 고칠 수가 없었다. 결국 몸에 달고 살며 아플 때나 잠깐 주무르고 말았다.

머리부터 발끝까지, 다시 발끝에서 머리까지 스캔했다. 위빠사나 한 사이클이 끝나고 강하게 뒤틀리며 움직이는 몸을 가다듬었다. 의지를 가다듬었다. 절대 움직이지 않으리라. 다시 위빠사나 두 번째 사이클로 접어들었다. 정수리에서 시작하여 7센티 단위로 스캔하며 관찰해 나갔다. 얼굴을 지나 곧 목과 등이 만나는 지점에 다시 도달했다. 목에서 전기 자극이 올라오는 것이 느껴졌다. 마음 저 밑에서 움직이고 싶은 어떤 욕구가 올라왔다. 목이 움찔거리고 어깨가 뒤로 슬쩍 젖혀졌다.

'아니야. 더 이상 움직이면…' 의식이 움찔거리는 몸을 겨우 부여잡았다. 자동 스트레칭의 시작점인 목을 지나자 더 이상 몸이 반응하지 않았다. 움찔거림도 멈추었다. 어깨를 관찰할 때도 등을 관찰할 때도, 허리를 지나 허벅지, 종아리, 발가락, 그리고 다시 역순으로 정수리까지 타고 올라갈 때까지도. 몸을 스캔하고 관찰을 반복하며 위빠사나 한 사이클을 돌 때마다 목과 등이 만나는 지점에 도달하면 어김없이 전기적 자극이 느껴졌다. 하지만 더 이상의 자동 스트레칭은 없었다. 의식이 개입하면서 무의식적 반응을 겨우 멈출 수 있었다.

자동 스트레칭이 멈추면서 몸의 통증이 더 강하게 느껴졌다. 몸의 통증은 과거의 기억과 함께 올라왔다. 머릿속에서 생각들이 지껄이기 시작했다. 생각은 기억 속에 등장한 사람들을 비난했으며 '이랬어야 했는데, 저랬어야 했는데', 그때를 후회했다. '네가 멍청이 같아서 그렇다'고 나를 비난했으며 지금의 나 또한 쓸모없다고 지껄였다. 도대체 내 속에서 지껄이는 이것들이 무엇인지, 나인지 내가 아닌지 도대체 무엇인지 알 수 없었다. 마치 내 속에 또 다른 내가 잔뜩 들어 있는 듯했다.

생각들이 지껄일 때마다 호흡으로 의식을 돌렸다. 얼

마간 호흡에 집중한 후 다시 몸에 일어나는 감각들을 관찰했다. 나의 외면은 깊은 명상에 빠져 있는 듯 평안하게 보였을 것이다. 하지만 나의 내면은 전쟁의 소용돌이에 빠져 있었다. 생각에 휘말리지 않기 위해, 머릿속에서 들려오는 목소리에 휘둘리지 않기 위해 가느다란 호흡의 끈을 부여잡았다. 미세한 감각이라도 놓치지 않기 위해서 피부 저 밑에서부터 올라오는 간지러움과 가려움, 떨림을 느끼려 의식에 집중해 관찰했다. 알 수 없었다. 머릿속의 목소리는 도대체 어디서 비롯되는 것인지.

오후 명상 시간이 끝난 저녁 시간. 과일과 차, 뻥튀기 과자가 나왔다. 간소한 식사를 앞에 두고 있음에도 식당 안은 분위기가 들떠 있었다. 사각거리며 과일을 먹는 소리와 홀짝홀짝 뜨거운 차를 마시는 소리만 들리는 식당에서 빈자리 하나가 눈에 띄었다. 반바지를 입고 식사를 하던 23번, 배가 잔뜩 나와 할아버지 옆에 기대앉던 23번이 보이지 않았다. 식판조차 없이 완전히 비어 있었다. 어딜 간 것일까. 알 수 없었다. 단지 센터를 떠났다는 걸 직감할 뿐. 밥을 먹으며 식은땀을 흘리던 그를 더 이상 명상센터에서 볼 수 없었다.

식사 후 산책 시간에 23번에 대한 생각이 떠올랐다. 무엇이 그를 명상 센터로 오게 만들었으며, 또 무엇이 그를 센터에서 떠나가게 했을까? 명상 센터를 찾은 이 많은 수행자는 도대체 왜 이곳에 왔을까? 나는 왜 이곳으로 왔을까? 아니 올 수밖에 없었을까? 혹시 삶이 그도, 나도, 여기 있는 모든 이들도 이곳으로 데려온 것일까?

삶이란 참, 내가 어쩔 수 없는 것인지.

나는 계획한 대로 살고 싶었다. 계획하고 실행하고 성취하며 살려고 했다. 당연히 계획이 틀어지면 안달복달하며 불안해했고, 성취하지 못하면 자신을 부족하게 여기며 책망하곤 했다. 다른 이들에게 인정받아야 했으며 어떤 일이든 잘해야 했다. 완벽해야 했으며 약간의 실수가 있으면, 조그만 틈이라도 있으면 견디지 못했다. 스스로 완벽하지 못하면서도 완벽한 삶을 추구했으니, 나의 삶은 그야말로 고통이었다.

조금이라도 더 완벽하기 위해 애쓰던 내 모습과 그런 나를 어려워하던 사람들이 떠올랐다. 친구들이, 회사 동료들이, 가족들이 떠올랐다.

7.3 근원

「모든 상카라는 영원하지 않습니다. 진정한 지혜로 이것을 보는 자는, 고통으로부터 벗어나게 됩니다.」

여섯째 날, 선생의 법문이 시작되었다. 자유롭게 앉은 수행자들이 스크린을 바라보고 있었다. 동그란 얼굴에 하얀 머리를 좌측으로 가지런히 넘긴 선생은 인자한 눈웃음을 지었다. 그의 얼굴에서 장난기 많은 어린아이의 모습이 보였다. 선생은 자신을 지도한 스승인 우바킨에 대해 이야기를 했다. 스승과의 만남부터 수행 과정, 그리고 스승이 어떤 사람이었는지에 대해서 말했다. 선생의 스승에 대한 말 한마디마다 신뢰와 사랑이 묻어났다. 선생은 스승을 통해 14년간 위빠사나 명상을 배우면서 있었던 일화 하나를 이야기했다.

우바킨 스승이 미얀마에서 명상을 지도할 때였다. 서양의 한 과학자가 명상을 배우고 싶어서 그를 찾아왔다. 양자물리학을 연구하고 핵폭탄을 만들었다는 그 과학자는 위빠사나 명상을 할 때, 마치 핵폭탄이 날아가는 모습처럼 머리를 앞으로 하여 몸을 공중으로 들썩들썩하는 모습을 보였다. 고엔카 선생은 그 모습을 보고 행여 그가 잘못될까 명상에서 깨우려고 했으나, 스승이 그를 깨우지 못하도록 했다고 한다.

"상카라를 모두 털어내도록 그대로 두라."

스승인 우바킨이 고엔카 선생에게 한 말이다. 그 과학자는 왜 그런 모습으로 명상을 했을까? 그는 수많은 사람이 자신이 만든 폭탄에 희생될 수도 있음을, 아니면 이미 희생되었음을 알았을 것이다. 그런데도 핵폭탄을 만들 수밖에 없었던 과학자의 마음에 그것이 상카라로 남아 있었던 게 아닐까. 나의 자동 스트레칭도 과학자와 비슷하게 상카라를 해소하는 과정 중에 나온 반응이 아니었을까. 26번의 웃음소리가 들렸다. 도대체 왜 웃는 거야. 머릿속 목소리가 투덜거렸다.

선생은 많은 사람이 과거의 상카라에 사로잡혀 더 많은 현재의 상카라를 만들어낸다고 말했다. 이는 모든 것이 무상하다는, 변한다는 것을 깨닫지 못했기 때문이다. 변하는 것을 아무리 갈망하고 또 혐오한들 소용이 없다. 허상일 뿐이기 때문이다. 상카라 또한 마찬가지로 영원하지 않다. 마음속에 쌓인 상카라에 아무리 집착을 하더라도 그것을 키우기만 할 뿐이다. 그것으로부터 벗어나기 위해서는 평정한 마음으로 감각을 관찰하며 상카라의 일어남과 사라짐의 과정을 깨달아야 한다고 선생이 말했다. 그것이 참된 지혜라고.

「새로운 반응을 만들어내는 오래된 습관을 고쳐야 합니다. 끊임없이 자신 안의 상카라를 관찰하고 그것이 무상하다는 것을 경험하십시오. 지혜를 계발하십시오.」

나는 빠르게 반응하는 것을 좋아했다. 소위 말해 일잘

러(일 잘하는 사람)인 사람들은 빠른 피드백을 생명으로 해야 한다고 여겼다. 빨리 반응하려 했고, 또한 빠른 반응을 원했다. 그러나 빠른 반응은 실수를 불러일으킨다. 확인되지 않은 사실을 말하고 또 지나치게 감정적인 대응을 해 원성을 산적도 있다. 그런데도 빠른 반응을 미덕으로 여기며 살아왔다. 도대체 나의 이런 습관은 어디에서 비롯된 것인지, 왜 그렇게 생각을 했던 것인지.

「모든 존재가 행복하기를.」

법문이 끝나고 선생의 찬팅이 이어졌다. 우리는 모두 눈을 감고 짧은 명상에 빠져들었다. 찬팅은 명상홀에 울려 퍼졌다. 영적인 에너지가 찬팅의 음률을 따라 흘러 다녔다. 따뜻한 에너지가 등을 다독이며 머리를 쓰다듬었다. 마치 누군가의 손바닥처럼 느껴졌다. 평안했다. 깨어나고 싶지 않았다. 그저 눈을 감고 있고 싶었다. 계속 명상이 하고 싶었다.

어두운 밤, 여섯째 날의 명상이 끝났다. 나는 아무도 없는 마당을 서성였다. 날이 갈수록 더 밝아지는 달빛 속에서 이따금 우는 부엉이 소리를 들었다. 겨울밤, 볼을 스치고 지나간 외로운 바람이 마른 느티나무 가지를 흔들었다. 어디론가 바삐 달려가는 자동차의 굉음이 들려왔다. 목적지를 향해 직진하는 자동차와 달리 나는 센터 안을 마냥 돌고 있었다. 늘 그렇듯이 남자 숙소를 좌측에 끼고 센터의 마당을 가로질렀다. 명상홀을 지나 추수가 끝나 휑하게 펼쳐진 어두운 들판을 따라 걸었다. 컹컹거리는 개소리가 들려오는 마을과 위대한 침묵이 깔린 센터를 가로막고 있는 담을 지났다. 300보의 여정이었다.

나의 상카라에 대해 생각했다. 무의식의 어느 한구석에 쓸모없는 짐짝처럼 처박혀 있다가 어떤 자극만 만나면 빛의 속도로 살아나 나를 잠식하는 상카라. 그 상카라 덕에 만들어졌던 곤란하고 부끄럽고 죽고 싶었던 상황들이 떠올랐다. 도대체 상카라란.

나는 궁금했다. 도대체 나의 무의식을 가득 채운 상카라의 근원이 무엇인지. 무엇이 나의 무의식 속에서 갈망과 혐오의 상카라를 키웠는지. 궁금했지만 알 수 없었다.

알아차린다는 말

명상에는 이해하기 어려운 말들이 꽤나 있다. 알아차린다는 말도 그중 하나다. 알아차린다는 말은 '의식함', '의식을 집중하여 깨달음'이라는 뜻이다. 그런데 이 말이 생각과 한 쌍이 되어 '생각을 알아차려야 한다'로 표현되면 이해하기가 어렵다. 생각이 나인데, 어떻게 나를 알아차릴 수 있을까? 떨칠 수 없는 의문이다.

명상을 꾸준히 하면서 생각이 내가 아님을 이해해야 비로소 알아차린다는 말도 이해할 수 있다. 생각과 자신이 동일하지 않다는 것을 깨닫고 있다면 알아차린다는 말 자체를 이해하는 것이 어렵진 않다. 다만 알아차림의 상태, 깨어 있는 상태를 유지하는 것이 어려울 뿐이다. 사람은 생각에 쉽게 빠져들기 때문이다. 심지어 책을 읽을 때, 걸을 때, 운전할 때도 쉽게 무의식적인 생각에 빠진다.

나는 강변북로를 타고 올림픽대교를 자주 건너다녔다. 하루에 한두 번은 운전으로 다녔던 길인데, 어느 날은 늘 가던 장소가 아니라 다른 곳에서 약속이 생겼다. 약속 장소에 가기 위해 강변북로를 타고 가던 중에 내가 올림픽대교 위에 있다는 것을 알아차렸다. 약속 장소에 가려면 영동대교를 건너야 했는데 생각에 빠져 무의식적으로 올림픽대교를 건넌 것이다. 나의 의식을 대신해서 무의식이 운전한 것이다. 그럼 내 의식은 도대체 어디에 있었을까? 아마 눈을 뜬 채로 잠을 잤을지도 모르겠다. 이처럼, 무의식적인 상태에 있으면 눈을 뜨고 있더라도 습관에 의해 반복된 행위를 하게 된다.

일상적인 깨어 있음의 상태, 다시 말해 알아차림 상태라면 어떨까? 어느 봄날 아침, 아파트 뒷산 중턱에 있는 카페에 혼자 커피를 마시러 갔다. 아무도 없는 이른 시간에 의자에 앉아 커피 한 모금을 머금었다. 산미 강한 커피가 목을 타고 내려갔고 어디선가 새소리가 들려왔다. 까치가 우는 소리, 참새가 짹짹거리는 소리가 들렸고 딱따

구리가 나무를 쪼는 소리가 들렸다. 고개를 들었다. 나뭇가지에 직박구리가 앉아 있었다. 직박구리 주변을 참새들이 날아다녔다. 산비둘기가 구구구 울면서 좌측 전방의 높은 나무에서 활강하는 모습이 보였다. 시원한 바람이 뺨을 스쳤다. 나뭇잎이 흔들렸다. 멀리에서 도로를 뚫는 드릴 소리가 들려왔고, 자동차 달리는 소리와 앰뷸런스의 웽웽거리는 소리가 자그마하게 들려왔다. 커피를 마시는 그 순간 내 의식이 확장되며 주위에서 일어나는 일들이 내 의식 속으로 빨려 들어왔다. 알아차림의 순간이었다. 순간 그런 생각이 들었다. 이렇게 의식이 확장되다 보면, '나의 의식이 코로나로 오랫동안 보지 못했던 엄마에게도 닿지 않을까' 하는 생각이었다.

이처럼 알아차린다는 것은 내가 행하는, 혹은 나를 둘러싸고 일어나는 상황을 의식하고 직관하는 행위다. 알아차림의 상태에 있으면 현재 일어나는 일들을 명확하게 알 수 있다. 알아차림의 상태에 오래 머물면 머물수록 현재 이 순간을 더 잘 살 수 있을 것이다. 무의식 속에서, 과거의 기억 속에서, 미래에 대한 걱정 속에서 사는 게 아니기 때문이다.

8. 일곱째 날

8.1 300보 마당

새벽, 눈을 떴다. 가로등 불빛이 창문을 넘고 침대를 지나 방문까지 길게 드리워 있었다. 가로등 불빛 속에 내가 있었다. 이불을 목까지 끌어올려 덮은 채로 천장 텍스를 멍하게 바라보았다.

꿈도 없는 깊은 잠을 잔 지 3일째였다. 1년 가까이 불면이 이어지면서 나는 점점 쇠약해져 갔다. 회사에서 보내는 시간이 점점 더 길어졌고 당연히 아내와 아이들과 보내는 시간은 줄어들었다. 나의 근원으로부터 멀어지는 삶, 가족에 소홀해지는 삶, 한 해 동안 홀로 덩그러니 떨어진 삶을 살았다. 무엇을 위해서인지.

회사라는 조직에서 중요한 사람이 되고 싶었다. 좋은 대우를 받고 싶었고, 경영자로부터 그 사람 아니면 안 된다는 말을 듣고 싶었다. 그런 사람이 되기 위해서 노력했다. 행여 나보다 중요하게 여겨지는 사람이 있으면 질투하고 시기했다. 옳고 그름을 분별하기 좋아했으며 내가 주도적으로 무언가를 하는 것을 좋아했다. 그것이 중요한 사람이 되는 방법이라고 생각했다. 그러나 마침내 중요한 자리에 올랐을 때, 그리고 그곳에서 내려왔을 때 알았다. 중요한 사람은 필요에 따라 중요하지 않은 사람이 될 수 있다는 것을. 중요한 사람이 되려고 애를 쓰면 쓸수록 점점 더 소중한 이들로부터 멀어져, 소중한 사람이 아니게 된다는 것을.

어쩌면 그렇게 중요한 사람이 되려고 애를 쓸 필요가 없었을지 모른다. 이미 내 옆에는 소중한 사람이 있었고 나는 그들에게 소중한 사람이었기 때문에. 중요한 사람이 되고자 뛰어들었던 길이 실없이 끝났을 때, 내 옆을 말없이 지켜주던 아내가 있었고 아직 어리지만 "괜찮아" 하고 말하던 아이들이 있었다. 내게 소중한 이들. 소중하다는 말은 그 존재 자체에 이미 중요함이 내포되어 있다. 따라서 소중한 사람은 말할 수 없을 정도로 중요한 사람이 아닐까.

참 다행이었다. 소중한 사람들에게 소중하지 않은 사람이 되기 전에 알아차려서.

새벽 4시. 기상을 알리는 종소리가 들렸다. 하품하는 소리, 침대가 삐걱대는 소리, 문을 여닫는 소리에 이어 사람들의 발소리가 들렸다. 나도 주섬주섬 옷가지를 챙겨 입고 사람들을 따라 이동했다. 명상홀에는 빈자리도 보였지만 많은 사람이 이미 명상을 하고 있었다. 22번의 자리는 역시 비어 있었다.

자리에 앉아 눈을 감고 일곱째 날의 명상을 시작했다. 기지개 한 번 켜지 않은 굳은 몸이었기 때문에 통증이 강하게 올라왔다. 목이 움찔거리긴 했지만, 여섯째 날처럼 자동 스트레칭은 일어나지 않았다. 덕분에 더 죽을 맛이었다.

다리가 아프다, 방석이 더 푹신해야 한다, 왜 여기에 와서 고생이냐, 22번은 안 나오기도 하는데 왜 새벽부터 나와서 이러고 있냐 등 마음이 온갖 불평불만을 쏟아냈다. 마음의 다른 한편에서는 잘하고 있다, 대견하다, 너 원래 어려운 걸 좋아하지 않느냐는 등의 말을 했다. 머릿속 생각들 사이에 다툼이 이어졌다. 그리고 나는 그 다툼을 바라보며 호흡을 관찰했다.

또 내 거친 감각, 그러니까 지나치게 거친 통증에 몸부림쳤고, 통증과 함께 올라오는 내 기억에 후회하고, 때로는 죄의식을 느끼고, 때로는 질문을 던졌다.

오래되고 낡은 기억이, 생각이 끊임없이 흘러나왔다. 머릿속 목소리들의 지껄임이 오전 내내 이어졌다. 시간과 공간을 넘어 그들 사이의 대화가 끊임없이 이어졌다. 수십 년을 한 번에 건너뛰기도 했고, 수백 킬로미터를 한 번에 이동하기도 했다.

그러나 어떤 한 기억에 깊게 들어가지는 않았다. 기억에 매몰되지 않았다. 이런 모든 기억과 생각들은 잠깐씩 올라와서 머무르다 소리 소문 없이 사라졌다. 분주하게 올라오는 생각과 달리 나의 호흡은 느리고 차분했다. 처음 센터에서 방석을 깔고 명상을 할 때보다 한결 더 느려졌으며 점점 더 평안해졌다. 생각을 나와 분리하여 관찰하면서 객관화되고, 더 이상 생각에 휘둘리지 않게 된 것 같다.

점심 산책 시간, 누런 황금색 잔디가 햇빛에 반짝거렸다. 하늘에는 푸른 바다가 펼쳐져 있었다. 참새들의 작은 날갯짓 소리와 멀리 자동차 달리는 소리가 들렸다. 차가운

겨울바람이 따뜻하게만 느껴졌다. 바람을 따라 위대한 침묵이 이어졌다. 이 침묵이 지켜지는 한, 사람들과의 대화도 그로 인한 눈치 게임도 정치도 거래도 불협화음도 모두 없을 터였다.

천천히 느리고 편안하게 걸었다. 아주 평안하게. 그러나 내 마음속에서는 과거의 기억, 상카라가 올라와 있었다. 명상을 할 때와는 달리 하나의 생각이 올라와 머릿속에 오래 머물렀다. 묻지도 따지지도 않고 논리적으로 파고들지도 않았다. 그냥 생각들이 머물러 있었다. 나는 그저 머무르고 있는 생각들을 바라보았고 생각은 스스로 깊어져 갔다.

친구, 망할 친구의 모습이 떠올랐다. 나보다 작고 공부도 못했던 자식이 깐족대며 나를 놀리던 모습이 떠올랐다. 녀석은 나의 생김새를 놀렸다. 주먹다짐을 했다. 시원하게 때려주지 못했고, 오히려 선생님에게 혼만 났던 그날의 기억이 떠올랐다. 괜히 연필을 돌린다는 이유 하나로 때렸던 선생 생각도 났다. 젠장.

어두운 방 한구석에서 장롱을 뒤지던 나도 떠올랐다. 그날 나는 오천 원짜리 한 장을 손에 들고 만화방으로 달려갔다. 몇 날 며칠 동안 만화방에서 죽치고 살 수 있는 큰돈이었다. "백 원만, 백 원만."하며 엄마를 쫓아가는 내 모습도 떠올랐다. 출근하던 엄마는 마지못해 50원짜리 하나를 주고 돌아섰다.

나는 동전을 바닥에 던져버렸다. 또르르 보도블록을 따라 동전이 구르는 소리가 들려왔다. 씩씩거리는 어린 나의 모습과 바쁜 걸음의 엄마가 보였다.

얼마나 걸었을까. 내가 옥상에서 떨어졌던 날, 엄마의 눈이 생각났다. 엄마의 흐린 갈색 눈동자가 떠올랐다. 그날 나는 엄마의 눈을 바라보며 "괜찮다"는 말을 했다. "안아주세요. 왜 이렇게 늦게 왔어요?"라고 말하려고 했지만 "괜찮다"는 말이 나왔다. 나는 도대체 왜 그랬을까. 그리고 엄마는 또 왜 그랬을까. 나는 그날 이후 내 존재의 가치가 떨어졌다고 생각했다. 뜬금없이 '나는 죽어도 되는 존재야'라는 생각을 하곤 했다. 그 생각에 따라 나는 실제로 나의 가치를 떨어뜨리는 행동을 하기도 했다. 좌절하며, 비통해하며, 나를 연민하며, 나는 피해자라고 외치며, 비극적인 주인공이라고 느끼면서, 또 그렇게 되어버리고야 말겠다고 생각하면서.

생각이 끊임없이 올라왔다. 발자국을 옮길 때마다 생각들이 올라왔다. 나는 그 생각들을 바라보며 그저 걷고 또 걸었다. 겨우 300보 마당을, 그러나 300보로도 충분한 마당을.

8.2 미세한 감각

종소리가 울렸다. 오후 명상 시간이 시작되었다. 위대한 침묵을 지키고 있는 무표정한 수행자들이 분주하게 움직이며 명상홀로 이동했다.

「모든 감각에 평정심을 가져야 합니다. 이제껏 느꼈던 거친 감각뿐 아니라 앞으로 느낄 미세한 감각에 대해서도 평정심을 가져야 합니다.」

찬팅이 끝나고 고엔카 선생의 목소리가 오디오에서 흘러나왔다.

「여러분은 거친 감각뿐만 아니라 미세한 감각을 느낄 수 있습니다. 거친 감각이 줄어들고 미세한 감각들이 곳곳에서 올라옵니다. 손바닥이나 발바닥, 미간 사이에서나 팔 혹은 다리에서도 무언가 흐르는 미세한 감각을 느낄 수 있습니다.」

오로지 거친 감각, 그러니까 거친 통증만 느끼고 있었던 나로서는 무언가 흐르는 미세한 감각을 알 수 없었다. 이렇게 거친 통증이 가득한데, 미세한 감각을 과연 느낄 수나 있을까, 하는 마음뿐이었다.

「미세한 감각이 올라오면 여러분은 기분이 좋아집니다. 명상에 진전이 있다고 생각합니다. 미세한 감각을 점점 더 갈망합니다. 하지만 갈망하지 마십시오. 거친 감각과 동일하게 평정심을 가지고 관찰하십시오. 갈망은 집착을 만듭니다. 집착은 고통을 만듭니다. 미세한 감각에 대한 집착은 명상 자체가 아니라 감각에만 집착하도록 만듭니다. 관찰하십시오. 민감하게 관찰하며 변화를 알아차리십시오.」

나는 강한 통증을 느끼며 선생의 말을 들었다. 도무지 줄어들지 않는 이 통증에 반응하지 않고 얼마나 더 관찰해야 하는 것인지. 자동 스트레칭이 그리울 정도였다. 너무나 강한 통증에 한시라도 빨리 명상이 끝나길 바라고 있었다.

「어제와 마찬가지로 수련하십시오. 몸을 7센티 단위로 나누어 머리부터 발끝까지 관찰하십시오. 팔과 다리를 관찰할 때는 양쪽 팔, 다리를 같은 속도로 함께 관찰하십시오. 한순간도 놓치지 말고, 열심히 수행에 정진하십시오.」

명상 가이드가 끝난 후 침묵이 흘렀다. 나는 선생의 가이드에 따라 명상을 해나갔다. 머릿속 목소리에 빠져 허우적거리다가 그것을 알아차리면 강하게 호흡을 해서 주의를 돌렸다. 몸을 스캔하면서 통증이 있는 지점을 지날 때면 아픈 기억들이 떠올랐다. 기억과 함께 묵은 감정의 찌꺼기들이 올라왔다. 분노와 죄책감, 자괴감, 자기연민, 안타까움 등의 감정들이 가슴 속에서 흘러 다녔다.

그렇게 명상이 깊어 갈 무렵, 손바닥을 부드러운 솜털로 간질이는 듯한 느낌을 받았다. 약한 전기가 통하듯이 열감이 올라왔다. 발바닥에서도 손바닥에서 느낀 감각이 올라왔다. 열감이 올라왔고 약한 전기가 통하는 듯했다. 매우 약한 감각이었다. 그야말로 미세한 감각.

얼마 지나지 않아 머리에서도 유사한 느낌을 받았다. 손바닥, 발바닥이 부드러운 무언가로 간질이는 느낌이었다면, 머리는 그와는 좀 달랐다. 뭔가가 이마의 좌우를 이동하며 흐르는 느낌이 났다. 머리가 저릿저릿했다. 물속에서 숨을 참고 있을 때의 아득함처럼, 어딘가로 빠져드는 것 같은 착각이 들었다. 아득함 속에 머물다 보면 또 강한 통증이 올라왔다. 현실로 돌아왔다 다시 아득함에 빠지는 것을 반복했다.

여전히 거칠고 강한 통증에 몸서리를 치고 있었지만, 다른 감각을 느끼기 시작하면서 다소 들뜬 기분이 느껴졌다. 다른 이들도 이런 감각을 느낄까 궁금했다. 내가 다른 이들보다 더 잘하고 있을 것이란 생각이 들었다. 비교하고 싶었다. 판단하고 싶었다. 물어보고 싶었다. 또 한편에서는 '쓸데없는 것으로 비교하지 말고 판단하지 말고 명상이나 똑바로 해' 하고 나무랐다. 머릿속에서 대화가 이어졌다. 마음이 번잡해졌다. 아, 이 어린아이들의 다툼 같은 대화를 벗어나고 싶다. 모든 것들로부터 자유로울 수 있다면. 생각에 깊이 빠졌다.

생각에 빠져 있을 때 거친 통증과 미세한 감각이 동시에 올라왔다. 어깨나 등, 허리와 고관절 같은 부위에서는 강한 통증이 올라왔지만 손바닥이나 발바닥, 이마나 얼굴에서는 미세한 감각이 올라왔다. 내가 지금 잘하고 있는 걸까? 끊임없이 의심하는 목소리도 들렸다. 의심하는 목소리가 들리면 이내 생각에 빠져 감각에서도 멀어졌다. 그러나 그것도 잠시 강한 통증이 나를 생각에서 감각으로 이끌었다. 머릿속 재잘거림에 맞서 통증은 싸우고 있었다. 생각에 빠져 명상을 하는 이 순간을 놓쳐버리면 어김없이 강한 통증이 올라왔다. 통증은 말했다. 명상을 하라고. 지금 네가 하는 명상을 하라고.

오후 명상을 마치는 수행법사의 목소리가 들렸다. 한숨이 자연스레 터져 나왔다. 동시에 홀 안의 다른 수행자들도 한숨을 내뱉었다. 저린 다리를 앞으로 뻗으며 팔을 뒤로 뻗어 허리를 젖혔다. 경직된 몸에 피가 통했다. 마음에서 어떤 해방감이 밀려왔다. 평안했다. 뜬금없이 명상을 더 하고 싶다는 마음이 들었다.

더 깊이, 더 깊이 명상에 빠져들고 싶었다.

8.3 좋은 삶

「일곱째 날이 지났습니다. 이제 수행할 수 있는 날이 사흘 남았습니다.」

법문이 시작되었다. 수행자들은 저마다 편한 자리에 앉아 있었다. 스크린에 비친 고엔카 선생은 연한 웃음을 띠고 있었다.

「이 수행법에는 두 가지 중요한 측면이 있습니다. 알아차림과 평정심입니다. 여러분은 신체 안에 나타나는 모든 감각을 알아차려야 하며 동시에 그 감각에 대한 평정심을 유지해야 합니다. 모든 감각에 평정심을 유지하면 거칠고 불쾌한 감각이 용해되며 온몸에 걸쳐서 매우 유쾌한 에너지의 흐름을 경험할 수 있습니다. 이 감각 또한 평정심으로 관찰해야 합니다.」

매우 유쾌한 에너지의 흐름. 아마도 내가 손바닥과 발바닥에서 무언가 흐른다고 느꼈던 것을 말하는 듯했다. 저릿저릿한 그 느낌. 유쾌하다고 생각은 못 했다. 하지만 고통 속에서 경험한 변화였기 때문에 뿌듯함을 느꼈다.

선생은 거친 감각이든 유쾌하고 미세한 감각이든 모두 일어났다 사라지는 무상한 것임을 강조했다. 무상한 것은 잡을 수 없으니 혐오하거나 갈망하지 말고 평정심으로 관찰해야 한다. 그러면 감각이 일어나는 찰나에 등장하는 오래 묵힌 상카라가 자연스럽게 해소된다. 반대로 이 순간에 무의식적으로 반응하면 불행한 사건을 만들어내게 된다. 불행한 사건은 또 다른 상카라를 만들어내며 사람을 어둠 속에서 살게 만든다고 말했다.

하지만 감각이 일어나는 찰나의 순간을 알아차리는 것은 얼마나 어려운 일인가. 나는 갈등이 있는 상황에서 욱하며 화를 낸 경우가 헤아릴 수 없을 정도로 많았다. 그때마다 갈등이 깊어졌고 상황이 안 좋아졌던 걸 기억한다. 어릴 때나, 어른이 되어서나. 후회하고 다시 그러지 않겠다, 다짐하곤 했지만 막상 그런 상황이 닥치면 또 똑같이 행동했다. 솔직히 구제 불능이라 자책하기도 했다.

「감각은 반응이 시작되는 지점입니다. 감각에 반응하지 않으면 괴로움에서 벗어날 수 있습니다. 감각에 반응하지 않으려면 매 순간의 감각을 알아차리며 평정한 마음을 유지해야 가능한 일입니다. 감각을 완전하게 이해한 수행자는 물질과 정신을 초월한 상태인 닙바나에 도달할 수 있습니다.」

닙바나라는 말은 열반이었다. 열반. 책에서만 보던 말을 센터에서 들었다. 혼란스러웠다. 열반이라는 말이 의미하는 바를 알 수 없었다. 감각을 어떻게 완전하게 이해하고, 물질과 정신을 어떻게 초월한다는 것인지. 불교에 문외한인 나는 도무지 감을 잡을 수 없었다.

선생의 다음 말이 이어졌다.

「닙바나는 상카라들이 모두 사라졌을 때 경험할 수 있습니다. 상카라가 모두 사라지면 정신과 물질 너머의 것, 일어남도 사라짐도 없는, 말로 설명할 수 없는 닙바나의 상태에 이릅니다. 온몸에 미세한 진동만이 있는 상태입니다. 하지만 이것이 위빠사나 수행의 최종 목적은 아닙니다.」

선생은 닙바나가 수행의 최종 목적이 아니라고 말했다. 특히 닙바나 자체를 갈망해서는 안 된다고 강조했다. 불교의 최종적인 목표는 열반에 이르는 것이 아니었던가?

「위빠사나 수행의 목적은 자신 안에서 균형 잡힌 마음을 유지하면서 삶을 살아가는 것입니다. 자신의 책임을 완수하고 자신뿐 아니라 타인의 행복과 평화를 돕는 것입니다. 바른 생활 방식으로 좋은 삶을 살아가는 것이 수행의 목적입니다.」

좋은 삶은 모든 사람의 목적이지 않은가. 나 또한 좋은 삶을 살고 싶었다. 좋은 삶을 살기 위해 열심히 공부했고 좋은 직장에 취업하려 했으며 높은 지위에 올라가려 애썼다. 좋은 삶이 무엇인지도 모른 채.

어느새 법문이 끝나 버렸다. 모두가 잠든 밤, 나는 마당을 걸으며 좋은 삶이 무엇인지 곱씹었다. 얼마나 걸었을까. 센터에 도착해서 봤던 초승달이 어느새 살이 차올라 반달이 되어 있었다.

명상은 수면과 같은 것인가?

명상으로 깊은 휴식을 취할 수 있다. 그래서인지 명상을 수면처럼 여기는 이들도 있다. 과연 그럴까? 명상은 수면과 같은 것일까? 결론부터 말하자면, 아니다. 명상과 수면은 다르다. 수면 상태에서는 아무것도 알아차릴 수가 없다. 다만 꿈을 꿀 수 있을 뿐이다. 하지만 명상은 끊임없이 알아차리는 행위다. 의식적인 알아차림을 하는 행위이니 수면과는 다를 수밖에 없다.

위빠사나 명상에서는 명상을 할 때 어떤 하나의 대상을 의식적으로 관찰한다. 예를 들어 콧구멍 앞의 느낌, 손바닥 등을 비롯한 온몸에 발생하는 여러 감각을 관찰한다. 의식적으로 주의를 기울이며 관찰하는 행위라고 할 수 있다. 그런데 명상을 하다 보면 졸린 경우가 많다. 의식의 불이 꺼지고 무의식이 그 자리를 차지하는 것이다. 앉아서 꾸벅꾸벅 졸고 머릿속에 생각들이 꿈처럼 흘러 다닌다. 고개가 뚝뚝 떨어진다. 죽비가 필요한 순간이다. 죽비가 내리꽂히면 정신이 번쩍 든다. 명상이 만약 수면과 같다면 죽비로 내리칠 필요가 없을 것이다. 명상은 하는 내내 고도의 집중력을 발휘하는 맑은 의식 상태에 있어야 한다.

하지만 맑은 의식 상태를 유지하는 건 어렵다. 호흡을 느끼려 콧구멍 앞에 아무리 주의를 집중하고 피부에 일어나는 다양한 감각들을 느끼려고 해도, 금세 다른 생각에 빠지는 경우가 많다. 맑은 의식 상태로 돌아오기 위해 생각을 알아차리려 하지만 의식은 어느덧 파도처럼 올라오는 생각에 휩쓸린다. 이럴 때면 어김없이 졸음이 찾아온다. 반듯이 폈던 허리가 구부러지고 쫙 펴졌던 어깨가 아래로 처져 흘러내린다. 고개를 툭하고 떨어뜨린다. 그렇게 졸다 보면 명상이 끝나버린다. 도대체 시간이 어떻게 흐른 것인지. 솔직히 이럴 때는 누군가 죽비로 내리쳐 주었으면 하고 바라기도 한다. 나만 그런 건 아닐 거다. 오죽했으면 스님들도 죽비가 필요하겠나.

수면이 영혼, 정신, 육체의 휴식을 위해 쉬는 행위라면 명상은 의식적으로 알아차림을 수행하는 행위다. 의식적으로 알아차림의 상태를 유지하며 머릿속 목소리인 생각을 알아차리고, 그로부터 본연의 존재인 자기 자신을 분리하면 마음속에서 평안함을 유지할 수 있다. 그렇다. 명상은 내면의 안정을 추구하는 의식적인 활동이라 할 수 있다.

9. 여덟째 날

9.1 고양이의 영토

부엉이 울음소리가 숲속에서 들려왔다. 새벽, 뼛속까지 차가운 기운이 스며들었다.

벌써 8일째, 또 하루가 시작되었다. 전날처럼 편안한 잠을 잤다. 얼마 전까지만 해도 밤에 잠을 설쳤다는 게 믿기지 않을 정도였다. 새벽부터 맑은 정신으로 명상을 했다. 늦게 나온 22번의 부스럭거리는 소리도, 여성 수행자들의 자리에서 나는 마른기침 소리도 거슬리지 않았다.

호흡에 집중했고 머리부터 발끝까지, 발끝부터 머리까지 온몸을 스캔하며 감각을 느꼈다. 거친 통증이 올라왔다. 고통스러웠지만 그저 관찰했다. 머릿속에서는 생각들이 끊임없이 흘러 다녔다. 어린 시절 생각을 하다가도 갑자기 회사에서 있었던 일을 생각했다. 대학생 때 있었던 일이 떠오르다가 갑자기 군 복무 시절로 건너뛰었다. 아내를 생각하다 친구가 떠올랐다. 어떤 생각은 불쾌했으며 어떤 생각은 고통스러웠다. 또 후회로 가득한 생각도 있었으며 분노가 치밀어 오르기도 했다. 죄책감에 스스로 한없이 작아지기도 했다. 그러나 어느 한 생각에 빠져들지 않았다. 생각은 물처럼 흘렀다. 생각은 내가 아니었다. 나와 관계가 없는 것이었다. 어떤 의도도 없이 일어났다 사라졌다.

문득, 이곳에 오길 잘했다는 생각이 들었다. 몸은 고통스러웠지만 마음은 점점 평안해지고 있었다. 명상 센터에 오고 난 후에 호흡이 눈에 띄게 느려졌다. 이렇게 길고 느린 호흡을 한 적이 없었다. 이러다 숨이 멈추는 것 아닐까 하고 걱정스러울 정도였다.

오전 명상을 마친 점심시간, 느린 걸음으로 산책에 나섰다. 급할 것도 없고, 재촉하는 이도 없으며 누구 하나 신경 쓸 필요도 없었다. 느린 호흡으로 천천히 숙소를 끼고 탑돌이를 몇 바퀴 돈 후에 명상홀 우측에 넓게 펼쳐진 논을 보며 벤치에 앉았다. 추수가 끝나 메마른 논에는 볏짚이 하얀 도넛처럼 돌돌 말려 있었다. 띄엄띄엄 놓여 있는 볏

짚들이 '이곳은 추수가 끝난 논'이라고 말하고 있었다.

고양이 한 마리가 추수가 끝난 논을 가로질렀다. 급할 것 없는 걸음이었다. 잠시 후 이 녀석이 뒷다리를 굽혔다. 똥 싸는 자세. 무심히 바라보던 나는 고개를 갸웃했다.

'고양이가 아닌가?'

이 녀석이 똥을 덮지 않았기 때문이다. 내가 아는 고양이는 똥을 누면 흙으로 잘 덮는다. 이제껏 봐왔던 고양이는 모두 뒤처리를 잘했다. 그런데, 똥을 덮지 않고 그냥 가는 고양이라니.

'아! 저게 전부 고양이 땅이구나!'

갸웃하던 내 머릿속에 저 땅이 모두 고양이의 영토라는 생각이 떠올랐다. 자기 땅 한편에 똥을 눈들 무슨 문제가 있겠나. 당당한 걸음걸이. 야생의 모습 그대로였다.

고양이마저 자신의 영토가 있었다. 무수한 생각과 질문들이 스쳐 지나갔다. 나는 나의 영토를 일군 적이 있었던가? 누군가의 영토에서 한 영역을 차지하기 위해 애써 살았던 게 아닌가? 영토를 일구려는 욕망이 있긴 했었나? 나의 욕망을, 소명을 실현하려 한 적이 있었는가? 질문에 답을 할 수 없었다. 내가 이제껏 해왔던 일들이 나의 소명, 소명이 아니더라도 나의 욕망이었다고 자신 있게 답할 수 없었다. 인간은 타인의 욕망을 욕망한다고 했던 라캉의 말처럼 나는 나의 욕망이 아니라 인정받고 싶은 마음에 타인의 욕망을 대신한 게 아닐까. 그놈의 인정이란, 얼마나 더 타인의 인정을 갈구하며 살아야 하는 것인지. 머릿속 목소리들이 소리 높여 지껄이기 시작했다.

종소리가 울렸다. 고양이에서 비롯된 생각이 끊어졌다. 명상홀에 들어가기 위해 벤치에서 일어나 고양이의 영토를 바라봤다. 추수가 끝난 벌판, 자신의 영토를 순시하듯 걸어 다니며 똥을 쌌던 고양이는 이미 사라지고 없었다.

9.2 저마다의 십자가

명상홀의 어두운 조명 아래 앉았다. 방석 위에 평좌를 하고 앉아 눈을 감았다. 고엔카 선생의 찬팅이 흘러나왔다. 천천히 읊조리던 찬팅의 속도가 빨라졌다. 영적 에너지가 점점 더 고조되어 갔다. 가슴이 벅차올랐다. 어떤 전율이 느껴졌다. 나의 모든 신경이 곡조를 따라 흘러 다녔다.

「지금부터는 몸을 스캔하며 관찰하는 속도를 높입니다. 미세한 감각이 느껴지지 않는 부분은 더욱 머물며 관찰하되, 미세한 감각이 느껴지는 부분은 물이 흐르듯 자연스럽게 관찰하며 흘러갑니다.」

나는 선생의 말에 따라 몸을 관찰하는 속도를 높였다. 7센티 단위로 나눈 몸의 부위에 머무는 시간을 줄이고 자연스럽게 몸을 스캔했다. 머릿속에 떠오르고 소멸하는 생각을 알아차렸다. 호흡과 감각의 미세한 부분을 관찰했다. 손바닥과 발바닥에 열감이 올라왔다. 거친 통증 사이사이에 미세한 전기가 통하는 듯 간지러운 감각이 올라왔다. 이들 감각 사이에 무엇인가 흐르는 느낌이 들었다.

「아직 미세한 감각이 느껴지지 않는다고 슬퍼하지 마십시오. 또한 미세한 감각을 느낀다고 우쭐하지도 마십시오. 미세한 감각을 갈망하거나 거친 감각을 혐오하지 마십시오. 수행자들의 상태는 모두 다릅니다. 자신의 수행에 집중하십시오. 감각은 일어났다 사라지는 무상한 것입니다. 감각으로부터 무상의 진리를, 세상 모든 것이 변화한다는 진리를 깨우치십시오.」

선생의 명상 가이드가 끝났다. 수행법사가 말했다.

"명상 센터에 두 번 이상 들어왔던 수련생은 오늘부터

독방을 쓸 수 있습니다. 홀 입구에 마련된 독실을 매니저의 안내에 따라 사용하십시오. 처음 들어온 신 수련생은 마지막 날에 사용할 수 있습니다."

'벌써 마지막 날이 다 되었나?' 하는 생각이 잠시 올라온 후 사라졌다. 통증과 미세한 감각, 기억들과 생각들을 관찰하며 명상을 했다. 과거의 기억은 여전히 마음을 후벼 파댔고 통증 역시 강하게 올라왔다. 하지만, 기억과 통증 속에 빠져들어 허우적거리지 않았다. 그저 관찰하고 또 관찰했다. 몸과 마음의 고통을 관찰했다.

오후 명상이 끝나고 식당으로 가는 길, 26번은 여전히 춤을 추며 식당으로 이동했다. 22번은 여전히 발을 꼬고 밥을 먹었으며 24번의 콧수염은 여전히 길었다. 수행자들 사이에 변한 것이라고는 23번이 센터를 떠났다는 것뿐이었다. 하지만 어쩐지 식당의 에너지가 이전보다 더 활기차게 느껴졌다.

식사를 마친 저녁, 산등성이에 걸친 해가 저녁 하늘을 오렌지빛으로 물들였다. 남자 숙소와 센터의 마당에도 오렌지빛이 내려왔다. 수행자들은 저마다의 오렌지빛을 등에 지고 발걸음을 옮겼다. 천천히, 천천히, 저마다의 십자가를 진 듯이.

어떤 장면이 떠올랐다. 어둠이 내려오는 저녁, 지금은 기억나지도 않는 어떤 곳을 엄마와 함께 다녀왔다. 집으로 돌아가는 길에 나는 엄마에게 배가 아프다고 칭얼거렸다. 배가 아팠다. 아픈 척했는지도 모르겠다. 엄마는 칭얼대는 어린 나를 업고 어둡고 지저분하며 갈래갈래 복잡하고 음침한 골목길을 걸었다. 엄마는 크고 작은 다섯 아이들이 티격태격하며 싸우고 울고 웃기도 하는 시끌벅적한 집을 향해 뚜벅뚜벅 발걸음을 옮겼다. 엄마는 등에 업힌 나에게 우스운 소리를 건넸다. 나는 엄마의 말에 언제 아팠냐는 듯이 낄낄거리며 웃었다. 마냥 행복한 저녁이었다.

그날 엄마의 등에서 나던 엄마의 냄새, 엄마의 온기가 생생한 느낌으로 올라왔다. 사랑스러운 그 느낌과 함께 옥상에서 떨어진 날 엄마의 초점 잃은 눈동자도 떠올랐다. 피로에 찌든 엄마의 눈동자. 그 눈동자에서 엄마의 목소리가 들렸다.

“야가 우짜다가 이래 됐노?”

다시 그 목소리가 들려왔다. 나는 엄마의 목소리에 빠져들었다. 마치 그날 그 자리에 내가 앉아 있는 기분이 들었다. 엄마의 눈동자와 그 앞에 앉아 있는 상처투성이 얼굴의 어린 내가 떠올랐다. 숙소를 따라 걷고 있던 내 입에서 얕은 탄식이 흘러나왔다.

"괜찮아요."

그날 어린 나는 왜 괜찮다는 말을 하고 아무렇지도 않은 듯 굴었을까? 그렇게 말하고서는 왜 다친 나를 안아주지 않았느냐고 엄마를 원망했을까? 혼란스러웠다. 도대체 내가 왜 그랬는지. 센터의 잔디밭을 따라 한 걸음 한 걸음 발자국을 옮겼다. 엄마의 모습이 떠올랐다. 그리고 엄마가 우리를 떠나버리면 어쩌나 걱정하던 어린 나의 모습이 떠올랐다. 싸우고 울고 떼를 쓰며 엄마의 속을 시끄럽게 하던 우리를 버리면 어쩌나 걱정하던 내가 떠올랐다. 그랬다. 어린 나는 엄마에게 짐이 되고 싶지 않았다. 엄마에게 짐이 되면 엄마가 우리를 떠나버릴까 두려웠다.

9.3 위대한 침묵의 밤

숲속에서 부엉이 우는 소리가 들렸다. 화답하듯 개 짖는 소리가 울려 퍼졌다. 고즈넉한 마을, 명상 센터에 오렌지빛 노을이 스러지고 어둠이 밀려오고 있었다.

"최상의 행복이란 삶에서 다양한 흥망성쇠를 마주함에도 마음의 균형을 유지하는 능력에서 온다."

「붓다의 말입니다. 여러분은 삶에서 즐겁거나 고통에 찬 상황들, 실패나 승리, 이익이나 손실, 칭찬이나 비난을 만납니다. 누구라도 이 모든 상황을 반드시 만납니다. 그러나 그 어떤 상황에 놓여도 마음에서 우러나오는 진짜 미소를 지을 수 있습니까?」

고엔카 선생이 질문을 던졌다. 어떤 상황에서도 나는 미소를 지을 수 있을까? 억지 미소라도 짓고 싶었던 때가 있었다. 수많은 만남과 헤어짐, 갈등과 반목의 순간에서 억지웃음이라도 지으면 상황을 모면할 수 있으리라고 생각한 적이 있었다. 그러나 억지웃음도 짓지 못하고 새하얀 속내를 다 드러내며 안달복달했다. 회사에서 해임을 당했을 때도 그랬다. 억지로라도 미소를 짓고 싶었지만 결국 그러지 못했다.

선생은 웃으며 말했다. 마음속에서 상카라가 일어나는 시점에 몸에서는 불쾌한 신체 감각이 일어난다. 마음속의 상카라와 불쾌한 신체 감각은 동반자이기 때문에 매우 짧은 시간에 함께 작동한다. 이때 마음에서는 혐오의 감정이 일어난다. 알아차리기 힘들 정도로 짧은 시간에 혐오의 감정이 일어나 사람을 잠식한다. 불안과 죄책감, 자기 멸시에 빠진 사람은 급기야 타인을 향해 분노를 표출하고 폭력을 행사한다. 자신의 인생을 나락으로 빠뜨리는 행위다.

이것을 멈추기 위해서는 불쾌한 감각이 일어나는 시점

을 알아차리고 감각에 반응하지 않는 연습이 필요하다. 마음 수행을 한다면 상카라로 인해 일어나는 인생의 사건들을 멈출 수 있다. 보다 행복한 삶을 살 수 있다.

알지만 어렵다. 평정심을 유지해야 하는 것은 너무 어렵다. 하지만 진정으로 그렇게 되고 싶었다. 선생은 어떤 상황이 오더라도 몇 초 동안 반응하지 말고 관찰한 후에 균형 잡힌 마음으로 어떻게 할지 결정하고 행동하라고 했다. 균형 잡힌 마음은 상카라로부터 자유로우며, 여기에서 바로 사랑과 연민이 솟아난다고 말했다.

사랑과 연민. 사랑과 연민은 자신뿐 아니라 상대를 향한다고 선생이 말했다. 나는 자신에게 가혹하게 굴었던 게 아닐까? 늘 누군가와 비교했고, 부족하다는 생각 들 때면 한없이 위축되었고 조금 낫다고 생각하면 우쭐거렸다. 더 완벽해야 한다고 나를 다그쳤으며, 또 완벽하지 못한 자신을 자책했다. 그러나 이제는 너그러운 마음으로 나를, 다른 이들을 사랑하고 싶다.

「과거는 바꿀 수 없습니다. 현재는 스스로 주인이 됨으로써 바꿀 수 있습니다. 그리고 미래는 과거에 현재를 더

한 것일 뿐입니다. 위빠사나로 매 순간 주인으로 살고 사랑이 넘치는 마음을 계발하십시오. 현재뿐 아니라 미래가 저절로 밝아질 것입니다.」

「모든 존재가 행복하기를!」

법문 시간이 끝났다. 재치 있는 선생의 말을 듣느라 시간이 가는 줄 몰랐다. 26번처럼 큰 소리로 웃지는 못했지만, 선생의 법문 시간은 정말 재미있었다.

수행자들이 모두 숙소로 돌아간 밤, 나는 달빛을 받으며 아무도 없는 센터의 마당을 걷기 시작했다. 달은 어느새 살이 차올라 반달에 가까워져 있었다. 이곳에 온 지 아홉 밤, 명상을 시작한 지는 여덟 밤째. 낮에 봤던 고양이가 떠올랐다. 자신만의 영토에서 자유를 누리던 고양이. 나도 나만의 영토를 만들고 싶었다. 영토를 만들어나가는 과정에서 나 자신을 실현하고 싶었다. 야수처럼 당당하게 걸으며, 바람처럼 자유롭게 삶을 헤쳐나가고 싶었다. 바람처럼, 무소의 뿔처럼 거침없이.

가슴 한편에서 강한 욕망이 올라왔다. 그러나 들끓는 욕망이 아니었다. 평안했다. 왠지, 애쓰지 않아도 될 것 같은 평안함이었다. 이제껏 누려본 적이 없는 평안함이 점점 더 나를 내면의 깊은 곳으로 데려갔다. 잔잔한 바람이 불었다. 부엉이가 울고 개 짖는 소리가 들려왔다.

명상으로 상처를 치유할 수 있을까?

누구나 자신만의 상처가 있다. 사람들은 매우 사적인 상처를 타인에게 보여주고 싶어 하지 않는다. 무의식의 저편에 숨겨 두지만 어느 순간 나타나 사람의 마음을 힘들게 한다. 고통스러워하다 보면 심리상담이라도 받고 싶지만 그것마저도 두렵다. 숨기면 숨길수록 더 심한 마음의 병으로 자란다. 그런데 명상을 하면 이런 상처를 치유할 수 있을까?

우리의 마음은 외부 세계의 사건·사고에 대해서 끊임없이 반응한다. 사건·사고에 부정적으로 반응하면 할수록 마음에 깊게 남는다. 사건·사고가 발생한 시점에 회복되지 않은 상처는 마음 한편에 숨겨진다. 이것들은 현실 세계의 사건이나 무심코 일어난 생각을 통해서 다시 나타난다. 사람의 뇌는 떠오른 기억을 마치 실재하는 사건·사고인 것처럼 느낀다. 그리고 더 깊게 각인한다. 어느 순간 이들에겐 세상을 바라보는 자신만의 필터가 생겨버린다. 자신이 가진 필터에 따라 세상은 천국이 되기도 하고 지옥이 되기도 하는데 대다수는 자신의 세계를 지옥으로 만든다. 부정성이 더 강하기 때문이다.

명상을 하면서 마음과 생각을 이해할 수 있었다. 생각은 사람의 몸 안에 있는 심장이나, 간, 위처럼 인간의 의식으로 통제할 수 없는 것 중 하나다. 없애려고 한다고 없어지는 것이 아니다. 장기들의 동작은 생존을 위해 필요하지만, 생각은 생존과 직접적인 관계가 없다는 차이가 있다. 그러나 상처로 인해 불안과 두려움에 빠진 생각이 많으면 행복한 삶이 어렵다. 불안과 두려움이 가득한 생각으로 어떻게 행복할 수 있겠나.

불안과 두려움을 벗어나기 위해서는 먼저 불안과 두려움이 발생하는 이유를 알아야 한다. 마음 한편에 숨어 있는 근원을 찾아야 한다. 명상이 도움이 된다. 위빠사나 명상은 관찰을 중시하는 명상 방법이다. 관찰 대상에는 몸의 감각뿐 아니라 마음, 생각, 감정 등을 포함한다.

명상을 하다 보면 갑작스레 어떤 울컥하는 감정이 올라올 때가 있다. 이런 감정은 통증을 동반하거나 생각을 동반한다. 이들을 잘 관찰하면 감정이 발생한 근원을 알 수 있다. 이때 평안한 마음을 유지하는 것이 중요하다. 울컥하는 감정에 푹 빠지게 되면 그 감정의 근원을 살필 수가 없다. 평안한 마음으로 감정을 관찰하면 마침내 감정적인 상처의 근원을 찾을 수 있다. 근원을 찾는 순간, 치유가 시작된다. 아니다. 어쩌면 치유가 아니겠다. 치유란 병에서 회복되는 것이니까. 그저 상처를 받아들이게 된다. 받아들이면 그 힘은 약해지는데, 이는 명상으로 가능한 일이다.

10. 아홉째 날

10.1 6과 46

새벽 4시. 종소리가 울렸다. 멀리 퍼지는 종소리를 따라 수행자들이 움직이는 소리가 들려왔다. 나는 종소리에 눈을 떴다. 무거운 눈꺼풀이 다시 내려오며 까무룩 감기려 했다. 눈을 몇 번이나 비비고 깜빡인 후에야 희미한 텍스가 점점 더 또렷해졌다. 오랜만에 꿈을 꿨다.

어린아이가 불도 켜지 않은 방에 홀로 있었다. 여섯 살 정도나 될까. 아이는 해바라기였다. 겨우 빛이 스며드는 문풍지를 바른 미닫이문 앞에 앉아 빛을 향해 있었다. 아이의 눈동자는 두려움에 빠져 있었다. 아이의 대각선 맞은편에는 후미진 구석이 있었다. 어둠이 가득한 곳이었다. 그곳을 향해 눈길이라도 돌리면 귀신이라도 나타날까 두려운 듯, 애써 고개를 숙이고 겨우 햇빛이 스며드는 미닫이문 앞에 앉아 있었다. 나는 괜찮다고, 두려워하지 말라고 머리라도 쓰다듬어 주고 싶었다. 하지만 닿을 수 없었다. 그저 바라만 볼 뿐이었다.

담요를 두르고 새벽 명상을 시작했다. 어둠이 가득한 홀안의 방석 위에 앉으면서 묘한 동시성을 느꼈다. 여섯 살 아이가 혼자 쪼그려 앉아 있던 모습이, 지금 내가 명상홀에 앉아 명상을 하는 모습과 겹쳤다. 아이는 여섯 살의 나였다.

엄마는 일터로 나가야 했다. 남편을 잃은 미망인, 아이가 여섯이나 있는 여자. 엄마가 일하지 않으면 우리 모두 제대로 살 수 없었다. 이제 막 스무 살 무렵의 형과 누나도 일을 해야 했다. 그들은 청소년이 아니라 소년공이라 불렸다. 어린 형제들은 모두 학교로 가고, 나는 방 한구석에 쪼그리고 앉아 누나와 형을 기다렸다. 그렇게 여섯 살 나는 어두운 단칸 셋방에 혼자 앉아 있어야 했다.

방에 쪼그리고 앉아 있던 나는 생각에 빠지곤 했다. 내가 눈을 감아도 엄마는 있는 것일까? 있다면, 어디에 있는 것일까? 혹시 내 눈앞에서 사라지면 존재 자체도 사라지는 것은 아닐까? 나는 매일 두려웠다. 사라진 게 아닐까 생각하던 누나가 돌아오고 형이 돌아오고 마침내 엄마까지 집으로 돌아오고 나서야 비로소 안심했다.

이상했다. 홀로 앉아 있어야 했던 겨우 여섯 살의 아이가 40여 년이 흐른 지금, 홀로 방석에 앉아 명상을 하고 있는 이 상황 자체가 이상했다. 새벽 내내 어린 시절의 잔상과 지금의 내 모습이 겹친 생각들이 머릿속을 흘러 다녔다. 어린 시절의 상카라가 솟아올라 물결처럼 흘러 다녔다.

상카라의 물결을 따라 내 몸에서는 고통스러운 거친 감각과 미세한 전기적 자극들이 뒤섞여 흘러 다녔다. 여전히 강한 통증이 내 몸을 지배하고 있었지만, 그 사이사이로 미세한 감각들이 올라왔고 거친 감각들 사이를 흘러 다녔다. 손바닥, 발바닥에서 느껴졌던 미세한 전기적 자극들은 점점 더 강도가 심해지면서 팔과 다리를 타고 올라왔다. 손목을 거쳐 팔뚝 전체, 발목을 지나 다리 전체에서 전기적 자극을 느낄 수 있었다.

그러니까, 겨우 방석 하나에 엉덩이를 깔고 있었던 나는 겉으로는 아주 평안한 상태에 있는 것처럼 보였지만 사실은 매우 복잡한 상태에 있었다. 머릿속에서는 어린 시절의 기억과 상처들, 만남과 헤어짐, 내가 아닌 남이 되고 싶었던 부러움을 넘어선 시기와 질투, 혐오와 갈망의 상카라가 펼쳐지고 있었다.

오전 내내, 나는 내면과 몸에서 펼쳐지는 고통과 쾌락의 향연들을 그저 바라보고 관찰했다. 그러나 통증은 좀처럼 사라지지 않았고, 머릿속에 떠오른 생각, 기억, 상카라는 또 다른 생각, 기억, 상카라로 대체되어 갔다. 그야말로 혼돈의 상황 속에서 나는 오전 명상을 마쳤다.

수행자 모두는 여전히 위대한 침묵을 지키며 맞은편 벽을 친구 삼아 밥을 먹었다. 하지만 미묘한 에너지의 변화가 느껴졌다. 집으로 갈 수 있다는 설렘 아니면 한 뼘만큼의 내면 성장이라도 이루어냈다는 뿌듯함에서 오는 변화일 터였다. 나도 집으로 가고 싶었다. 하지만 마음 한편에는 걱정도 있었다.

다시 돌아가 어떻게 일상을 살아가야 할지 걱정스러웠다. 나는 고민에 빠져 명상 센터를 걷고 또 걸었다. 남자 숙소를 끼고, 누렇게 변한 잔디밭을 가로질러 담마홀과 들판, 나무를 지나 걷고 또 걸었다. 가벼운 한숨이 나왔다.

알 수 없었다. 도대체 어떤 일을 하면서 살아야 할지. 이제껏 해온 일이라는 것이, 대부분 누군가의 요구를 실현해 주는 일이었다. 소위 말해 서비스업이었다. 서비스업을 하며 누군가 요구하지 않으면 내가 먼저 하지 않는다는 습성이 생겼다. 나만의 영토를 무엇으로 만들어나가야 할지 알 수 없었다. 도무지 머리가 돌아가지 않았다.

10.2 반성문

남자 숙소를 끼고 찬바람을 맞으며 걸을 때였다.

'명상을 하고 싶다. 글을 쓰고 싶다!'

갑자기 가슴 어디선가 목소리가 들렸다. 머릿속에서 떠오른 생각과는 다른 느낌이었다. 무엇인가를, 혹은 누구인가를 한없이 그리워하는 그런 먹먹한 마음이 들었다. 당황스러웠다. 갑자기 글이라니, 명상은 둘째 치고, 글을 써본 경험이라곤 회사에서 쓴 보고서와 하루에도 수십 통씩 쓰던 딱딱한 업무 메일과 대학생 때 끼적였던 글 몇 편밖에 없는데.

"반성문을 써오게."

한 번도 써본 적이 없는 반성문이라는 것을 대학 1학년 때

처음 썼다. 키 크고 속없이 놀기 좋아하던 동기 녀석이 당구장에 가며 대리 출석을 부탁했다. 늘 있던 일이었다. 한 치의 망설임도 없이 알았다고 대답을 했다. 같이 당구를 치러 갈까 하는 갈등을 느꼈지만 오랜만에 수업이라는 걸 듣고 싶었다. 같이 가자는 말 한마디만 했더라도 나도 땡땡이를 쳤을 것이고 반성문 따위는 쓸 일도 없었을 것이다.

수업이 시작되고 교수님이 친구의 이름을 불렀을 때, 동시에 두 번의 '네!'가 울렸다. 바보 같은 자식이 두 명에게 부탁을 한 것이다. 입에 곰팡이가 필 정도로 말이 없던 곰탱이 같은 친구와 나에게, 동시에!

"방금 대답한 사람은 앞으로 나오게." 머리가 희끗희끗한 교수님의 낮은 목소리가 들렸다.

곰탱이와 눈이 잠시 마주쳤다. 눈빛이 교차 되었다. '저, 말도 없는 놈한테 뭘…' 하는 생각이 들었고, 나는 한숨을 쉬며 고개를 숙이고 앞으로 나갔다. 망할 놈의 반성문을 쓰게 된 순간이었다.

나는 반성문을 아주 정성스럽게 썼다. C학점이라도 받아야 하겠다는 마음이 들기도 했거니와 그냥 잘 쓰고 싶은 마음도 들었다. 일종의 재미를 느꼈던 것 같기도 하다. A4 한

페이지 분량의 반성문을 쓰며 읽고 고치기를 반복했다. 완성된 반성문을 보며 어찌나 뿌듯했던지. 동기 녀석들에게 읽어주며 반성문을 자랑했다. 물론 녀석들은 낄낄거리며 미친놈이라고 놀려댔다. 심지어 대리 출석을 부탁했던 친구도 그중에 있었다.

그러고 보니 시라는 것도 썼다. 학년이 올라가며 시를 쓴다는 국문과 친구와 어울렸다. 멋있어 보여서 어쭙잖게 흉내를 냈다. 그러나 대학 시절 나의 글쓰기는 딱 그 정도였다. 반성문 이상도 이하도 아니었다. 그런데, 갑자기 글이라니. 이전에 회사를 다니며 책을 쓰고 싶다는 생각을 한 적은 있었다. 하지만 직장생활을 조금이라도 더하기 위해, 연봉을 조금이라도 더 받기 위해 전문 서적을 쓰고 싶은 정도였다.

머릿속에서는 말도 안 되는 소리라고 비웃는 소리가 들렸다. '쓸 줄은 아냐, 쓸 거는 있느냐, 글 써서 어떻게 밥 먹고 살 것이냐'는 시끄러운 목소리가 들려왔다. 하지만 가슴 한편에서는 따뜻함이 느껴졌다. 내 얼어버린 몸을 녹여주는 따뜻함, 식을 것 같지 않은 군불 같은 따뜻함이었다.

종소리가 울렸다. 어느새 점심시간이 끝나고 9일째 오후 명상이 시작되었다. 고엔카 선생의 목소리가 오디오를 통해 흘러나왔다.

「오늘부터는 몸의 부분 부분을 더욱 빠른 속도로 자연스럽게 관찰합니다.」

「마치 물이 흐르듯이 머리부터 발끝까지 자연스럽게 관찰하고 다시 발끝에서 머리까지 자연스럽게 관찰해서 올라옵니다. 거친 감각이든 미세한 감각이든 자연스럽게 관찰하며 지나갑니다.」

선생은 몸을 스캔하며 관찰하는 속도를 높이라고 주문했다. 보다 자연스럽고 보다 빠르게 느낄 수 있도록 관찰할 것을 주문했다.

「등을 관찰할 때는 척추를 중심으로 타고 내려가고 다시 타고 올라옵니다. 배를 관찰할 때는 피부 감각뿐 아니라 몸속 장기에서 일어나는 감각도 느껴봅니다.」

몸속 장기에서 일어나는 감각을 느끼라니. 피부에서 일어나는 그런 감각이 장기에서도 일어난다는 말인가? 당황스러웠지만 판단하지 않았다. 그저 올라오는 생각을 알아차리며 선생의 말에 따라 오후 명상을 진행했다.

빠른 속도로 몸을 스캔했다. 배를 스캔할 때는 배에서 등으로, 다시 등에서 배로 주의를 이동시켰다. 행여나 몸속 장기에서 어떤 감각이 느껴질지도 모른다는 마음에 열심히 집중했지만, 정말이지 아무것도 느껴지지 않았다. 등을 스캔할 때는 척추를 따라 위에서 아래로, 아래에서 위로 스캔을 했다. 척추는 배와는 좀 달랐다. 척추 마디마디에 주의를 집중하며 관찰을 할 때면 어떤 에너지가 척추 마디마디를 따라 흐르는 느낌이 났다. 척추가 곧게 서며 굽어 있던 등이 펴졌다. 동그랗게 말려 있던 어깨가 뒤로 젖혀지며 가슴이 양쪽으로 벌어졌다.

강한 통증이 올라왔다. 강한 통증 때문에 여전히 고통스러웠다. 끙끙거리며 한숨을 쉬었다. 혐오감을 느꼈다. 하지만 미세한 감각 또한 온몸에서 올라왔다. 그때마다 올라오는 유쾌함이 좋았다. 미세한 감각을 갈망했다. 혐오와 갈망이 내 몸속에 공존하고 있었다.

10.3 미네르바의 올빼미

9일째 밤. 초승달이 반달이 되어 있었다. 초겨울 밤의 스산한 바람이 불어왔다. 하얀 입김이 바람에 날려 흩어졌다.

하룻밤만 더 보내면 열흘째, 위대한 침묵이 해제되기 전날이었다. 어지럽고 산만하며 한없이 무너진 마음으로 명상 센터에 들어왔다. 하지만, 고통스럽고 괴롭기만 하던 날들이 어느새 지나가 버렸다. 마치 바람에 날려 흩어지는 하얀 입김처럼. 지독한 비염으로 늘 막혀 있던 코가 이곳 센터에서 뻥 뚫렸고, 코를 통해 들어오는 숨이 가슴을 지나 아랫배 깊숙한 곳까지 내려갔다. 느리고 안정된 호흡이 마음을 점점 더 평안하게 만들었다. 아니 마음이 평안해지면서 호흡이 안정됐을지도 모르겠다.

고엔카 선생의 법문이 생각났다. 마음에 부정성이 일면 가장 먼저 호흡이 불안정해지고, 이어서 몸에 어떤 불쾌한 감각이 일어난다고 말했다. 비염 때문에 호흡이 늘 불안정했던 나는 어쩌면 무의식에 부정성을 쌓아 두었던 게 아닐까. 부정성을 제거하려면 신이나 성현의 이름, 혹은 어떤 주문을 외는 것이 아니라 문제를 직면하고 관찰하라는 선생의 말도 떠올랐다. 직면하고 관찰하라. 평안한 마음으로 반응하지 말라. 상카라에 반응하여 또 다른 상카라를 만들지 말라. 그러면 현재의 부정성뿐 아니라 과거의 부정성도 떠올라 사라진다. 또한 다양한 관점으로 사물을 보는 능력이 계발되어 무례한 행동을 하는 타인의 고통도 이해할 수 있다. 어머니가 아픈 아이를 바라보는 마음으로 타인에게 사랑과 연민을 느낄 수 있다고 말했다.

살이 차올라 약간은 통통하게 보이는 반달과 앞서거니 뒤서거니 걸었다. 이틀밖에 남지 않은 센터의 밤이 아쉬웠다. 곧 일상으로 돌아가야 한다. 센터를 나가면 나의 무너졌던 일상을 다시 세워야 한다. 다시 다람쥐 쳇바퀴 속으로 들어가야 할 수도 있다. 반복되는 일상을 떠올리자 머릿속에서 골치 아프고 괴롭다고 투정하는 목소리가 들려왔다. 한편에서는 잘할 수 있다며 격려하는 목소리도 들려왔다. 생각이 서로 목소리를 높였다. 다른 한편에서는 센터에 좀 더 있고 싶은 마음도 올라왔다.

어떻게 살 것인가?

어려운 질문이었다. "그냥 살면 돼" 하고 말하던 선배들도 있었지만 나는 그렇지 못했다. 늘 주저하며 남들과 같이 평범하게 살았다. 이제는 조금 다르게 살고 싶었다. 고양이처럼 나만의 영토를 스스로 만들어나가고 싶었다. 대책 없는 바람이 생겼다.

영토를 무엇으로 만들지, 뜬금없이 떠오른 글을 쓸 것인지, 도대체 생계는 무엇으로 꾸려나갈지 대책도 없었다. 이상과 현실이 충돌했다. 시끄러운 목소리들이 저마다의 의견을 지껄였다. 팽팽한 싸움에 무엇 하나 다짐을 할 수 없었다. 그저 영토를 만들어나가고 싶다는 마음이, 글을 쓰고 싶다는 마음이 있을 뿐이었다.

"열심히 해레이. 뭐든지 열심히 해야 한데이."

엄마의 말이 생각났다. 엄마는 스스로 하루하루 열심히 살았다. 덕분에 여섯 아이를 키우셨다. 겨우 월세방 구할 돈만 가지고 시골에서 나온 후 10년도 안 되어서 집을 마련했다. 그 집에서 화단을 만들어 꽃을 가꾸었다. 엄마는 그렇게 꿈을 이루어나갔다.

엄마의 말처럼, 나도 열심히 살려고 노력했다. 주어진 일에 최선을 다하려 노력했다. 미리 계획했고 계획한 대로 하나씩 이행했다. 모든 일이 잘되기를 바랐다. 하지만 세상의 일이란 욕심대로 흘러가는 법이 없었다. 되지 않는 일이 많았다. 왜 그랬을까? 왜? 어쩌면 그것은 마음 한편에 있는 어두운 나의 그림자 때문이 아니었을까? 어두운 면이 있었다. 우울하고 불안했다. 마음속 우울과 불안은 현실에도 나타났다. 알 수 없는 불안감에 휩싸여 중요한 프레젠테이션을 망치거나, 내 생각만을 앞세워 관계를 깨트리기도 했다. 우울함에 술을 자주 마셨고 욕지거리를 내뱉었다.

'삶이 내게 원하는 것이 도대체 무엇일까?'

애쓰며 살던 옛날을 떠올리던 중에 뜬금없이 질문이 떠올랐다. 참 알 수 없는 일이었다. 불과 한 달 전만 하더라도 회사에 목숨 바칠 것처럼 일하던 사람이었는데 내가 왜 여기서 이러고 있는지 의아했다. 나의 삶이 도대체 왜 이렇게 흘러가는 것인지 궁금했다. 도대체 삶이 내게 말하고자

하는 것은, 내게 원하는 것은 무엇인지.

삶은 마치 권투 선수 같았다.

'너 그러면 안 되지. 정신 차려.'

인생에서 일어나는 크고 작은 일. 남들 따라서 본 시험에 떨어진다든지, 쉽게 돈 벌고 싶은 마음에 작은 사기를 당한다든지. 이런 사건들은 삶이 던지는 잽이다. 잽을 맞은 사람이 아파하면서도 이전과 같은 방식으로 살면 삶은 더 강한 스트레이트를 날린다. 묵직한 타격감의 스트레이트를 맞고 쓰러진 후에도 변하지 않고 이전과 같은 모습으로 살아가면 삶은 인정사정없는 어퍼컷을 날린다. 더 이상 일어날 수가 없을 정도의 강한 펀치를 날린다. 삶이 원하는 방향을 벗어나서 살아갈 때 권투 선수처럼 이렇게 크고 작은 펀치를 날리는 것 같았다.

나는 삶에게 스트레이트를 맞았을지도 모르겠다. 다람쥐 쳇바퀴 돌 듯 반복적인 삶 속에서 어떻게든 가진 것을 지키며 살고자 했던 나에게, 삶은 이미 수많은 잽과 작은 스트레이트를 날렸을 것이다. 삶의 메시지들을 알아차리지 못한 나는 우울하고 불안하고 힘겹게 살아왔고, 죽을 정도로 힘겨울 때가 되어서야 뒤늦게 그것을 알아차린 것일 테다.

어떻게 살아야 할 것인가? 문제였다. 전처럼 애쓰며 살 것인지, 삶의 흐름에 맡겨야 할 것인지. 수행자들의 방에 불이 꺼지며 하나둘씩 어두워졌다. 한없이 조용한 밤. 적막한 밤을 가르며 부엉이 우는 소리가 들려왔다. 미네르바의 올빼미. 지혜로운 올빼미는 저녁이 되어서야 날개를 편다고 했던가.

반응하지 않기

반응하지 않고 관찰합니다. 관찰하면 서서히 사라집니다.

위빠사나 명상의 가르침 중 하나다. 몸과 마음에 일어나는 다양한 감각과 생각, 감정에 반응하지 말고 관찰하라 가르친다. 관찰하면 자신에게 일어나는 감각과 생각, 감정이 객관화되며 자기 자신과 동일시하는 마음이 사라진다. 그것들로부터 한 발짝 떨어지면 감각과 생각이 일으키는 부정적인 감정뿐 아니라 감각과 생각 또한 서서히 줄어든다. 감각과 생각, 감정은 무상한 것들이다. 세상 모든 것과 마찬가지로 시간이 지나면 사라질 것들이다. 사라지는 것을 부여잡아 본들 어쩌겠나. 결국에는 소멸할 것인데. 소멸할 것을 부여잡는 행위와 습관은 고통을 만들어낸다.

'모든 것은 변한다는 사실 외에는 변하지 않는 것이 없다'는 붓다의 가르침이 진리이듯, 이것 또한 진리다.

그런데 진리라는 것을 안다고 해도 감각과 생각, 감정을 부여잡지 않고 반응하지 않는 것은 얼마나 어려운 일인가. 명상 수행을 하지만 일상의 관계에서 일어나는 사건·사고가 일으키는 감각과 생각, 감정에 반응하지 않는 것은 무척이나 어렵다. 어려운 숙제와 같다. 아는 것과 실행하는 것은 하늘과 땅 차이이기 때문에 끊임없는 자기 수행, 명상이 필요한 이유일지도 모르겠다.

11. 열흘째 날

11.1 나를 위한 방식

열흘째 새벽 종소리가 울렸다. 마지막 날, 절대 흐르지 않을 것 같았던 시간이 어느새 흘러버렸다.

열흘 동안 몸에 익은 것인지, 아나빠나부터 위빠사나까지 자연스럽게 명상을 진행했다. 물론 한 시간 반이 넘게 앉아 명상하는 것은 열흘이 지난 후에도 어려웠다. 새벽 명상을 마칠 무렵에는 통증이 온몸을 잠식했으며 다리에 피가 통하지 않아 감각이 없을 정도였다. 하지만 꼼짝하지 않고 앉아 있는 것도 익숙해져서 처음처럼 죽을 맛이라는 생각이 들진 않았다. 오히려 좀 더 했으면 좋겠다는 마음이 들었으니 말이다. 평안한 마음으로 몸의 미세하거나 거친 감각을 관찰하는 것이 즐거웠다.

식당 안의 분위기가 들떠 있었다. 마지막 날이었고, 내일이면 집에 갈 수 있었다. 또 점심 이후에는 말을 할 수 있었으니 분위기가 들뜰 수밖에 없었다. 나도 분위기에 동화가 되었다. 기분이 좋았다. 여전히 다리를 꼬고 밥을 먹는 22번도 더 이상 거슬리지 않았다. 오히려 말을 한번 나눠보고 싶다는 생각이 들었다.

"안녕하세요."

점심시간이 지난 후, 드디어 위대한 침묵이 해제되었다. 식사를 마친 사람들은 둥그렇게 모이거나 함께 산책하며 서로 말을 주고받았다. 둥그렇게 모여 선 사람들 틈에 22번과 나도 끼어 있었다. 22번이 순박하게 웃으며 내게 먼저 인사를 건넸다. 쑥스러움이 묻어나 순박하면서도 해맑은 웃음. 안 그래도 찢어진 눈이 더 가늘어지며 실눈이 되었다. 광대뼈가 한껏 올라가고 가는 수염이 몇 가닥 길게 자라 턱 군데군데 나와 있었다. 이소룡같이 날카로운 느낌을 주던 사람이 시골 청년 순득이가 되어 있었다. 너무 다른 그의 느낌에 잠깐 머뭇거렸지만 나도 이내 활짝 웃으며 화답했다.

누구이며 어디서 왔는지, 명상 센터에서의 생활과 수행

은 어땠는지 봇물 터지듯 대화가 이어졌다. 군복을 입고 있던 친구는 휴가를 명상 센터로 왔다고 했다. 내 상식으로는 도저히 이해되지 않는 친구였다. 휴가를 나오면 친구들과 함께 술집에 있거나 한동안 못 만난 여자 친구를 만나고 있어야 할 터인데 명상 센터에서 명상을 한다는 게 도무지 믿기질 않았다. 사람들이 모두 놀라워하고 있는 사이에도 군인 친구는 얼굴에 웃음이 만연해 있었다. 콧수염은 밴드를 하는 예술가였다. 이제 곧 군에 간다고 했다. 예술가는 그렇다고 쳐도 적어도 삼십 대 후반 정도로 보였는데, 군에 간다는 말에 다시 한번 깜짝 놀랐다. 콧수염 때문에 도사 아니면 노숙자 같은 느낌을 받았는데 밴드를 하는 친구라니. 도대체 나의 선입견은 머릿속에서 무엇을 만들고 있었던 것인지.

22번은 강원도가 집이라고 했다. 그는 집에서 육아를 담당하고 있었다. 명상이 하고 싶어서 생계를 책임지고 있는 아내에게 부탁해 겨우겨우 허락을 받았다고 했다. 그의 웃음은 순진하기 그지없었다. 차갑고 삐딱할 것 같았던 그는 온데간데없었다. 할아버지는 여전히 힘들어서 남자 숙소 벽에 기대앉아 있었다. 따뜻한 햇볕을 받으며 쪼그려 앉아 있는 할아버지를 향해 사람들이 오며 가며 고개를 숙이고 인사했다. 할아버지는 사람들의 인사에 희미한 미소를 지었다. 할아버지가 앉아 있는 오른쪽 옆에서는 26번이 외국인과 자연스럽게 대화를 나누고 있었다. 원을 만들고 서 있던 누군가가 26번은 해외에서 오랫동안 봉사활동을 했다고 말했다. 산만하고 부족해 보였던 26번의 자연스러운 영어와 해외 봉사활동 이야기를 들으며 왠지 모를 기시감을 느꼈다. 마치 이 모든 상황을 언젠가 경험한 것 같은 느낌이 들었다.

사람들의 말이 끊어지질 않았다. 위대한 침묵에 대한 보상심리 때문이었을까. 따뜻한 햇볕을 받으며 산책하던 사람들이 한 명씩 끼어들기도 하고 원을 이루고 서 있던 사람들이 한 명씩 빠져나가기도 했다. 대화 멤버가 계속 바뀌면서 말의 잔치가 끝날 기미 없이 이어졌다. 끝없이 이어지던 대화를 멈춘 것은 종소리였다. 어느새 점심시간이 모두 흐르고 오후 명상이 시작되었다.

종소리가 울리자 사람들은 다시 침묵하며 명상홀로 이동했다. 종소리와 함께 말의 향연은 멈추었고 사람들은 모두 다시 수행자가 되었다. 모두 자신의 자리에서 자신의 방석 위에 엉덩이를 깔고 앉았다. 나도 두툼한 방석 위에 앉아 조용히 눈을 감았다. 호흡을 가다듬었다. 콧구멍을 통해 들어온 숨이 가슴을 타고 단전을 지나 더 깊은 아래쪽까지 내려가는 느낌이 들었다. 막힘이 없는 호흡. 아무렇지도 않은, 무심한 평안함이 밀려왔다.

나를 위한 방석이 있다는 것. 눈을 감으면 한없이 깊은 내면으로 평안하게 빠져들 수 있다는 것. 너무나 고마웠다. 너무나 감사했다. 무한한 감사와 행복, 자애의 마음이 내면 어디선가 밀물처럼 밀려 들어왔다.

11.2 마지막 저녁

고엔카 선생의 찬팅이 들려왔다. 찬팅이 무르익으며 명상홀 안의 영적 에너지도 고조되었다. 그 에너지 덕일까, 나의 집중력도 높아졌다.

들숨과 날숨의 미세한 감각이 느껴졌다. 호흡이 한없이 느려졌다. 거의 숨이 멈춘 듯했다. 머리부터 발끝까지 온몸에 찌릿찌릿한 에너지가 흘러 다녔다. 에너지가 먼저인지 아니면 나의 주의가 먼저인지 알 수 없을 정도였다.

고엔카 선생의 목소리가 들려왔다.

「평안한 마음으로 매 순간을 알아차리고 실상을 관찰합니다. 그러면 여러분은 한없는 자비가 흘러나옴을 느낄 것입니다. 여러분이 사랑하는 존재들을 위해 그 자비로운 에너지를 보냅니다.」

선생은 새로운 명상 방법을 알려줬다. 멧따[6] 명상이었다. 존재를 위해 자비를 빌어주는 자비 명상법이었다.

「호흡을 관찰하는 아나빠나로 명상을 시작하고, 감각을 관찰하는 위빠사나 명상을 수행합니다. 위빠사나를 마친 후에는 당신이 사랑하는 모든 이들, 모든 존재를 위해 자비를 보내는 멧따 명상을 5분 정도 수행합니다.」

늦은 오후에는 개인 명상 룸을 이용했다. 개인 명상 룸은 방석 하나 들어갈 수 있는 작은 방이었다. 단체 명상홀과는 달리 아무 방해도 없이 조용히 홀로 할 수 있었다. 나는 고엔카 선생의 가이드에 따라 위빠사나 명상을 마친 후 멧따 명상을 수행했다. 명상을 하며 엄마를, 아내를, 아이들을, 그리고 형과 누나를 떠올렸다. 그들을 떠올리며 자

6 사심 없는 사랑과 선의를 의미한다.

비를 보냈다. 머리가 찌릿찌릿했다. 마치 머리가 송수신기가 된 느낌이었다. 그들에게 감사와 사랑을 보내고 용서를 빌었다. 말로 표현하기 어려울 정도로 따스한 에너지가 몸을 감쌌다. 다물었던 입술이 벌어졌다. 종이 한 장 들어갈 정도로 벌어진 입술로 차가운 공기가 밀려 들어왔다. 마음이 벅차올랐다. 호흡 때문인지, 무엇 때문인지. 도대체 이 벅찬 마음은 어디서 비롯한 것인지 도무지 알 수 없었다.

저녁을 먹고 여느 때와 같이 산책에 나섰다. 위대한 침묵이 해제되어 사람들은 서로 대화를 나누며 식사를 했고, 또 어떤 이들은 산책하며 말을 나누었다. 나도 22번과 대화를 나누며 식사를 했다. 여전히 그는 발을 꼬고 밥을 먹었지만 오히려 그 모습에 정감이 갔다. 대화를 나눌수록 그가 궁금해졌다. 집에서 육아를 하고 있다는 그와 그의 아내, 아이가 궁금했다. 하지만 물어보지 않았다. 사람은 누구나 개인의 세계를 가지고 있으니까.

저물어가는 저녁, 어둠과 함께 노을이 내려왔다. 회색 구름이 빛을 받아 오렌지빛으로 물들어갔다. 노을이 느티나무와 센터의 건물들, 그리고 그곳을 걸어 다니는 사람들을 오렌지빛으로 물들이며 길게 드리워졌다. 센터 옆 산등성이에 불타오르는 해가 걸려 있었다.

'이곳에서의 경험을 글로 쓰면 어떨까?'

가슴 한편에서 목소리가 올라왔다. 위대한 침묵이 있는 이 오렌지빛 풍경, 22번과 23번, 24번, 26번, 할아버지와 군인, 수행법사와 고엔카 선생, 함께 명상했던 수많은 수행자에 대해 글로 쓰면 어떨까. 이제껏 제대로 만난 적이 없었던 내면의 어린아이와, 가장 잘 안다고 생각했지만 제대로 알지 못했던 나에 대해서 글을 쓰면 어떨까.

머릿속에서 온갖 시끄러운 목소리들이 올라왔다. 수필인지 소설인지 장르를 따지기도 했고, 글도 제대로 써본 적이 없으면서 엉뚱한 일 벌이려고 한다거나, 직장을 잃은 놈이 생계는 어떻게 꾸릴 거냐며 핀잔을 주기도 했다. 명상도 잘 모르면서 명상을 주제로 글을 쓰려는 게 말이 되냐고 비웃기도 했다. 온갖 시끄러운 생각들이 머릿속에서 싸우고 있었다. 나는 침묵한 채로 목소리를 조용히 관찰하며 점점 더 진해지는 오렌지빛 마당을 걸었다.

얼마나 지났을까. 시끄러웠던 목소리들이 조금씩 잠잠해지자 어디선가 다른 목소리가 슬며시 올라왔다.

'어떻게 하면 이 글을 잘 쓸 수 있을까?'

한 발짝, 한 발짝, 나는 그저 걸음을 옮겼다. 발자국을 따라 드리워지던 오렌지 빛깔은 어느새 어둠으로 바뀌어 있었다. 멀리 개 짖는 소리가 들렸다. 부엉이가 우는 소리가 들렸다. 그렇게 센터에서의 마지막 저녁이 익어갔다.

11.3 언제나 둥근 달

「모든 존재가 행복하기를!」

열흘째, 고엔카 선생의 법문이 끝났다. 사람들이 모두 숙소로 돌아간 어두운 밤, 여느 때와 같이 센터의 마당을 걸었다. 별이 빛나는 밤, 이제는 완연히 살이 차오른 달이 나를 따라오고 있었다.

센터에서의 마지막 밤이었다. 하룻밤만 더 자면 집에 간다는 사실에 가슴이 벅차올랐다. 길게만 느껴졌던 시간이 푸른 강물처럼 무겁게 침묵하며 어김없이 흘러 마지막 날이 되었다. 내 마음은 깊고 푸른 강물처럼 잠잠해져 있었다. 센터에 왔을 때의 고통스러운 마음이 평안해져 있었다. 과거에 내가 그랬던 것처럼 억울한 사건을 마음 한구석에 구깃구깃 처박아둔 찜찜한 느낌이 아니었다. 평안함, 말로 표현할 수 없을 정도로 마음이 충만했다.

예전에는 해소하지 못한 감정을 마음 한구석에 숨겨두곤 했다. 그래서일까. 술만 마시면 욕을 습관처럼 연달아 내뱉었다. 사람들은 이 욕을 홈쇼핑에 파는 물건처럼 “욕 4종 세트”라고 불렀는데, 속으로는 ‘꼰대’라고 생각했을지도 모를 일이다.

생각해보면 습관적으로 나오는 욕 정도는 별일도 아니었다. 일상적인 갈등이 있을 때 무심코 튀어나오던 나의 반응은 날카로웠다. 비아냥거리기까지 하여 갈등을 심화시키며 일을 키우기 예사였다. 결국은 묵혀둔 감정이 문제의 원인이었을 것이다.

「균형 잡힌 삶, 행복한 삶을 살기 위해서 일상에서도 센터에서 배운 것을 실천하십시오. 매일 명상을 하십시오. 상황마다 알아차림과 평정심을 유지하십시오. 알아차림과 평정심은 자기 마음을 제어하고 정화하며 도덕적인 삶을 사는 방법입니다.」

엷은 미소를 짓고 있는 고엔카 선생의 모습과 함께 그가 한 말이 떠올랐다. 알아차림과 평정심을 유지하기 위해서는 매일 명상을 해야 할 터였다. 선생처럼 매일 명상을 하며 살 수 있을까? 걱정하면서도 매일 명상을 하겠다고 다짐했다.

선생은 미얀마의 대부호였다. 그는 가업을 이어받아 사업을 키워나갔으며 여러 나라에 자신의 회사를 만들었다. 엄청나게 많은 부를 쌓았지만 스트레스가 심했다. 스트레스로 인한 두통을 견디지 못했던 그는 친구의 권유로 스승인 사야지 우바킨을 만나 명상에 입문했다. 그 후 스승의 뒤를 이어받아 매일 명상을 하는 삶을 살았다. 선생은 스스로 운이 좋았다고 말했다. 고타마 싯다르타가 개발한 위빠사나를 세계 각지로 전파하는 삶을 살 수 있다는 것이 그에게는 큰 행운이라고 말했다.

처음엔 선생의 말을 이해하지 못했다. 엄청난 부자였던 그가 명상에 빠질 이유가 없다고 여겼고 그것을 행운이라고 말하는 것을 받아들이지 못했다. 하지만 마지막 밤이 되어서야 그 마음을 이해할 수 있었다. 삶의 풍파가 아무리 거세더라도 행복하게 사는 사람이 있는 것과 반대로 아무리 많은 돈과 권력을 가지더라도 행복하지 않은 사람이 있을 수 있다는 것을, 균형 잡힌 시각과 평안한 마음이 행복에 우선한다는 것을 이해할 수 있었다. 명상을 하지 않았다면 가능했을까? 열흘간의 명상 덕분이었다.

선생처럼, 나도 명상을 만난 게 행운일지도 모른다. 명상 덕분에 머릿속 생각 더미에서 나를 발견할 수 있었다. 나는 자존심이 강했지만 자존감이 낮은 사람에 속했다. 스스로가 아닌 남에게서 인정을 받아야만 하는 자존심 강한 사람이었다. 자존심을 지키기 위해서 남들보다 잘하려고, 완벽해지려고 노력했으며 내가 생각한 대로, 내 의지대로 삶이 살아져야 한다고 여겼다. 애쓰고, 화내며, 마음 졸이고 불안하게 살면서 삶이 내 의지대로 되지 않는다는 것을 원망했다. 애쓴 덕분에 낮은 자존감을 숨기며 살 수 있었다. 하지만 나는 에고가 강한 사람이 되어 있었다. 세상이 자신을 중심으로 돌아간다고 여기는 그런 사람이 되어 있었다.

'나를 옭매고 있는 틀을 벗어나 자유롭게 살고 싶다. 타인의 시선과 기대뿐 아니라, 남이 내게 기대하는 어떤 모습에서건 벗어나고 싶다. 자유로운 삶, 그 자체로 충만한 삶. 그런 삶을 살 수 있을까?' 산책하는 내내 머릿속에는 자유로운 삶에 대한 생각이 가득했다.

어두운 밤, 숙소의 불은 모두 꺼지고 간간이 들려오는 개 짖는 소리와 부엉이 우는 소리, 자동차 달리는 소리 그리고 별들과 점점 더 살이 차오르고 있는 달이 전부였다. 달은 원래 둥글다는 생각이 떠올랐다. 태양과 지구, 달의 위치에 따라 어두워지기도 밝아지기도 하며 반달, 초승달, 보름달이 되기도 하는 달은 항상 둥글었다. 다만 위치에 따라 그렇게 보였을 뿐, 아니 어쩌면 사람들이 그렇게 보았을 뿐.

'달처럼 내 존재도 원래 완벽하게 둥글지 않을까?'

달처럼 완벽하게 둥근 내 존재를 떠올리며, 천천히 쉬지 않고 걸었다. 한 번도 멈추지 않고 반복적으로 쉬어지는 호흡을 관찰했다. 차가운 바람이 콧구멍을 통해 들어오고 깊숙이 내려가 따스하게 데워진 후에 다시 나가는 그 과정을 느꼈다. 호흡을 따라 왼발 오른발 발자국을 느꼈다. 위대한 침묵 속에 있었다.

"글을 써. 명상을 해. 그것을 실천하고 알리는 삶을 살아."

목소리가 들렸다. 머릿속에서 떠오르는 생각이 아니었다. 가슴 한편에서 들려오는 소리. 내 안에 있는 존재의 목소리였다. 더는 남이 되려고 애쓰지 말라는, 완벽하게 둥근 네 존재의 씨앗을 틔우라는 목소리였다.

좋아하는 일, 명상으로 찾을 수 있을까?

좋아하는 일을 하며 사는 것은 얼마나 큰 행복인가. 자신이 좋아하는 일, 다시 말해 재능을 찾고 그것을 갈고 닦아 직업으로 삼는 것은 얼마나 멋진 일인가. 사람들은 대부분 자신이 좋아하는 일을 잘 모른다. 자신이 좋아하는 일을 모르는 사람들은 사회에서 요구하는 일을 하게 된다.

나 또한 그랬다. 사회에서 유망하다고 하는 프로그래밍을 배워서 취업했다. 뒤처지지 않기 위해서 트렌드에 맞는 기술을 공부했다. 물론 재미도 있었다. 그러나 시간이 지날수록 무심코 올라오는 헛헛한 마음을 숨길 수 없었다. 이른 새벽잠에서 깨어 삶의 목적이 무엇인지 물었으며, 길을 걷다가도 삶의 소명이 무엇일까 고민했다. 그렇게 고민했지만 먹고사는 문제라는 벽에 막혀 용기를 내지 못했다. 불현듯 올라오는 헛헛한 마음을 외면했다.

좋아하는 일을 명상으로 찾을 수 있을지는 확신할 수 없지만, 가능할 수도 있다. 머릿속 시끄러운 목소리들이 잠잠해지면 자기 본연의 존재가 떠오를 수 있기 때문이다. 이때 자기 본연의 존재와 함께 갈망했던 꿈들도 함께 떠오른다. 어릴 때 하고 싶었던 일, 그중에서도 더 잘했던 일들이 떠오른다. 그것들을 잘 살펴보면 자신이 하고 싶은 일, 자신의 재능을 찾을 가능성이 높다. 그리고 그 재능이 자신의 소명일 수 있다.

소명, 그것은 영혼의 일이다. 영혼의 일을 하는 것이 자기를 실현하는 일이다. 영혼은 자기를 실현하고자 하는 욕망을 불러일으킨다. 그 욕망은 재능이라는 이름, 혹은 꿈이라는 이름으로 우리의 어린 몸속에 심어진다. 마치 씨앗이 땅에 심어지듯이. 씨앗에 물을 주고 거름을 준다고 생각해보자. 바람이 불고 비가 오고 햇빛이 비치면 어느새 씨앗은 싹을 틔우고 무럭무럭 자라 나무가 되고 꽃이 핀다. 사랑의 시간이 필요한 것이다. 사랑의 시간이 재능이라는 씨앗에 온전히 투여되면 평균 이상의 뛰어난 역량을 발휘하는 사람이 될 수 있다. 재능이란 바로 강점이다. 강점에 집중하면 위대한 나를 발견할 수 있다는 것이 바로 《위대한 나의 발견 강점 혁명》의 저자 도널드 클리프턴의 주장이다.

하지만 우리는 자신이 좋아하는 일을 하기보다는 사회에서 유망한 일을 선택하기를 강요받는다. 그래야 많은 돈을 벌 수 있으며 좋아하는 일로는 먹고살기 어렵다는 말을, 교육과 부모, 영상물을 통해서 은연중에 듣는다. 결국 알 수 없는 사이 내면에 타인의 욕망과 두려움이 심어진다. 두려움은 자신의 씨앗을 싹 틔우지 못하게 하는 독약에 가깝다. 이때부터 우리는 자크 라캉의 말처럼 '타인의 욕망을 욕망'하게 되는 것이다.

12. 출발

12.1 집으로 가는 길

마지막 날, 새벽 종소리가 울렸다.

전날과 다름없이 새벽 4시에 일어나 명상을 시작했다. 방석 위에 엉덩이를 깔고 앉아 눈을 감았다. 미세한 호흡이 일으키는 감각을 느꼈다. 머리부터 발끝까지, 발끝부터 머리까지 주의를 옮겨가며 감각을 느꼈다. 여전히 거친 통증이 올라왔지만 미세한 감각들도 끝없이 올라왔다.

새벽 명상을 마친 후, 대대적인 청소를 시작했다. 식당과 숙소, 명상홀과 화장실, 목욕탕까지 모두 청소를 마쳤다. 그리고 집으로 돌아가기 시작했다. 홀로 센터를 나서기도 하고 더러는 함께 길을 나서기도 했다. 나는 서울이 목적지인 사람들과 함께 자가용으로 이동하기로 했다.

나는 22번 이소룡, 25번 콧수염과 덜덜거리는 차를 보며 이야기를 나누고 있었다. 그들과 이야기를 나누는 사이에 카풀을 하기로 한 자동차 주인은 시동을 걸려고 애를 쓰고 있었다. 열흘 동안 시동 한 번 걸지 않은 자동차는 꽁꽁 얼어서 '들들들들' 소리만 냈다. 함께 이동하기로 한 지긋한 나이의 여자분들은 애쓰고 있는 자동차 주인을 응원하고 있었다.

"우리가 다시 만날 수 있을까요?" 콧수염이 말했다.

우리는 희미한 미소를 주고받았다. 열흘간 함께 명상을 한 친구들, 어디서 한 번도 본 적이 없었던 친구들이었지만 마치 오래된 친구들 같은 느낌이 들었다. 살다 보면 처음 보지만 어디선가 본 듯한 사람들이 있지 않은가. 자신의 어딘가에 각인되어 알지 못하는 기억 속에 있는 사람들이라고 해야 할까. 이들을 다시 한번 보고 싶다는 생각이 들었다. 명상 센터에서 보든, 아니면 다른 곳 어디서든. 하지만 우리는 주소 한 장, 전화번호 하나 교환하지 않았다. 아무도 나중을 기약하지 않았다. 그러나 나는 우리가 주고받은 미소에서 알 수 있었다. 분명 어디선가 다시 만나리라는 것을.

그사이에 시동이 걸렸다. 나는 콧수염과 이소룡에게 웃으며 인사를 건네고 차로 이동했다. 이소룡도 캐리어를 끌고 센터의 대문으로 향했다. 콧수염은 나와 이소룡에게 잘 가라며 꾸벅 인사를 했다. 콧수염은 군에 들어가기 전, 남은 3주간의 시간 동안 센터에서 명상을 하기로 했다. 부러웠다. 하지만 나는 센터에 남고 싶은 마음을 뒤로하고 집으로 가기로 했다.

우리의 대화는 끝이 없었다. 그들은 모두 명상을 나보다 먼저 접한 이들이었다. 드라이버는 명상 센터에 두 번째 들어온 친구였다. 이 친구는 명상을 하며 회사 일을 머릿속에서 다 했다고 너스레를 떨었다. 그의 아내도 명상 센터를 다녀갔으며 집에서도 명상을 한다고 했다. 자신의 아내는 명상을 할 때 몸을 지독하게 떨어서 걱정이라고 했다. 몸을 자동으로 스트레칭하던 나의 경험과 유사했다. 그냥 하지 말라고 했던 수행법사의 말을 전해줬다.

뒷좌석에 앉은 두 명의 여자분들은 이미 십 년이 넘도록 명상을 한 이들이었다. 이들은 자신의 명상 경험담을 끝없이 쏟아냈다. 명상 경험은 삶에 대한 이야기로 발전했다. 한 사람은 비구니가 되고자 했던 사연을 얘기하며 자신의 아픔을 이야기했다. 다른 이는 예순이 넘었지만 출산하지 못한 아픔에 대해서 이야기했다. 여전히 평안한 목소리 사이에서 미세한 떨림이 느껴졌다. 아픔이 있었을 터다. 그들의 아픔을 이겨내도록 한 것은 세월이었을까, 명상이었을까. 나도 저들처럼 평안한 미소를 지으며 나에 대해 이야기할 수 있을까.

집으로 돌아가는 길, 끝없이 이어지는 대화 속에서 생경함이 느껴졌다. 처음 만나는 사람에게 카풀을 부탁하고, 모르는 사람과 웃으며 수다를 떨고 진지하게 대화를 나누는 일은 나에게 어려운 일이었다. 마음을 닫아걸고 살았던 소년. 어린 소년을 마음속 어딘가에 숨겨두고 살아왔던 나에게는 적어도 피하고 싶은 일이었다.

그곳에는 이전과는 다른 내가 앉아 있었다.

에필로그

혼돈을 사랑하는 일

하나

다시, 차가운 바람이 불어온다. 늦은 가을이다. 명상 센터를 다녀온 지도 벌써 2년이 지났다. 지난 2년간, 나에게는 많은 변화가 있었다.

우선 글을 제대로 쓴 적이 없어서 걱정했던 것과 다르게 정말로 작가가 되었다. 두 권의 전문 서적을 출간한 이후, 지금은 이 책을 쓰고 있다. 그리고 사람이 심리적 안정을 누리며 행복한 삶을 살 수 있도록 인공지능과 IT 기술을 이용하여 돕는 회사를 만들었다. 국가의 지원을 받아 창업한 후 마인드와 수면을 관리하는 서비스를 개발 중이다.

모든 일이 순탄하게 진행되고 있다. 해임 당했던 그날을 생각한다면 정말 놀라울 정도다. 아니,

사실은 아니다. 혼돈의 연속이다. 좀 더 사실적으로 표현하자면 엉망진창에 가깝다. 형형색색의 아름다운 실들을 찾아냈지만 잘 엮어내지 못하고 있다. 오히려 그 실들이 꼬여서 타래를 틀고 있는 실뭉치가 되었다. 하나씩 더듬으며 이게 맞나 저게 맞나, 들췄다가 당겨 보고, 엉키면 놓았다가 다시 풀고 또 당기고 있다. 이렇게 주저주저하며 어정쩡하게 행동하는 과정에서도 책이 나오고 모바일 앱이 생기고 회사가 만들어지는 것이 신기할 정도다. 삶은 원래 이런 것인가. 아니면 시행착오를 겪고 있는 것인가. 질서 없는 혼돈의 연속이다.

내가 만나는 혼돈은 질서 정연한 회사에 속해 있을 때는 상상하지 못했던 것들이다. 잘 만들어진 프로세스가 매끈하게 돌아가고 복잡한 일, 생소한 일은 전문가들에게 부탁만 하면 처리되던 곳에서는 경험할 수 없는 것이었다. 처음 혼돈을 마주했을 때, 내가 한없이 작게 느껴졌다. 무엇을 해야 할지 막막했으며, 아무것도 모르는 나의 능력 없음에 자괴감을 느꼈다. 내가 왜 여기서 이러고 있나, 인생이

망할 것 같은 우울함이 밀려왔다. 혼돈을 마주한 첫 감정이었다.

예전에 내가 이런 혼돈을 마주했다면 어땠을까? 아마도 혼돈의 감정에 푹 빠져 술을 마시고 담배를 피우며 헤맸을지도 모른다. 하지만 나는 명상을 하는 사람이 아니던가. 고엔카의 담마 코리아 명상 센터에서 그랬던 것처럼 감정을 지켜보았다. 관찰했다. 그 감정으로 인해 일어나는 자기 파괴적인 생각들을 바라보았다. 괴로운 감정과 생각에 빠져들지 않도록 끊임없이 알아차렸다. 감정이, 생각이 내가 아니지 않은가. 내가 아닌 것들에 빠져 허우적거릴 수 없었다. 나를 둘러싼 감정과 생각을 내버려 두고 작은 행동을 실천했다. 책을 읽고 글을 썼으며 명상을 했다. 그렇게 나의 혼돈을, 실뭉치를 있는 그대로 바라볼 수 있는 힘이 생겨났다.

둘

명상 센터에서 나온 뒤 서울로 돌아와 제일 먼저 시작한 일은 글쓰기였다. 기껏해야 딱딱한 업무 메일이나 쓰던 정도라, 도대체 어떻게 시작해야 할지 감을 잡을 수 없었다.

그냥 쓰면 되는 건지, 어디에서 배워야 할지 막막했다. 마음이 있으면 길이 열린다고 했나. 인터넷 검색을 하며 초보들이 글쓰기를 시작하는 방법을 찾았다. 글쓰기 책을 찾아 읽었고 글쓰기 모임을 찾았다.

다양한 글쓰기 모임들이 있었다. 그중에 한 온라인 모임에 합류했다. 매일 블로그에 글을 한 편 쓰고 댓글과 채팅으로 의견을 주고받았다. 처음엔 글을 100자 이상 쓰기 어려웠다. 내용도 엉망진창이었다. 한 번에 좋아지는 것은 남들 이야기다. 매일 좌절하며 글을 썼다. 어느새 글은 1,000자를 넘길 정도로 발전했다. 글에 나의 경험과 생각, 의견이 들어가기 시작했다. 때로는 부끄러운 과거의 한 장면이 통째로 들어가기도 했다. 그런 글들을 남들에게 보여주는 것은 두려운 일이었다. 나를 드러내는 일, 온전하게 나를 보여주는 일은 어렵다.

용기가 없었다. 나를 숨기기 위해 사장이 직원들에게 쓸 법한 가식적인 언어들을 사용했다. 그런 글에는 아주 친절하게도 "가식적"이라는 댓글을 달아주는 이들이 있었다. '흥, 너는 잘하냐?' 생각하며 욕하기도 했지만 덕분에 성장했다. 고마웠다. 차츰 용기가 생겨나기 시작했다. 아니, 익숙함이라고 해야 할까. 점차 나의 이야기를 자연스럽게 쓸 수 있었다. 나의 글에 대한 온건한 비평이든 노골적인 비난이든 겸허히 받아들였다. 그렇게 미지의 세상으로 한 발을 디뎠다. 한 발을 디딘 것과 그렇지 못한 것에는 엄청난 차이가 있었다. 한 발을 디딘 미지의 세계는 더 이상 두려움의 대상이 아니라 든든한 보호막, 안식처가 되었다. 글을 쓰는 것이 좋았다. 글을 통해서 매일 성장하는 내가 좋았다.

명상에 관심이 있는 분들과 함께 아침 명상 그룹도 만들었다. 어떻게 운영해야 할지 막막했지만 좌충우돌하며 꾸준히 모임을 이어나갔다. 사람들이 떠나기도, 새로 합류하기도 하면서 어느새 수십 명으로 늘어났다. 시간이 걸렸지만 지속해서 성장했다.

나의 명상 또한 점점 더 성장해나갔다. 매일 명상을 하면서 호흡에 집중하고 거친 통증과 미세한 감각들을 느꼈다. 생각의 흐름을 알아차렸다. 알아차림은 관찰에서 비롯된다. 나의 몸뿐 아니라 감정과 생각을 관찰한다는 것은 객관적으로 바라본다는 말과 같다. "감정과 생각을 바라본다니, 무슨 말도 안 되는 소리야." 예전이었으면 이렇게 말했을 것이다. 하지만 명상을 하며 그것들을 나로부터 분리하여 바라볼 수 있게 되었다. 자신의 감정과 생각을 객관화시킨다는 점에서 글쓰기와 명상은 공통점이 있는 것 같다. 글이라는 것도 쓰고 나면 객관적으로 보이기 때문이다.

생각이든 감정이든 객관화하면 더욱 잘 이해할 수 있다. 엉켜버리는 실뭉치는 생각과 감정에서 비롯되는 경우가 많다. 생각과 감정은 문제가 아닌 것을 문제로 만들어버리는 재주가 있다. 나의 실뭉치를 명상과 글쓰기를 통해서 조금씩 풀어나가고 있다.

셋

나의 미래는 어떻게 펼쳐질까? 알 수 없다. 여전히 안개 속에 있다. 현실은 혼돈의 연속이며 미래는 미지의 세상이다. 혼돈을 헤쳐나가며 미지의 세상으로 한 발 한 발 내딛는 것, 그것이 삶이라는 것을 어렴풋이 느낀다.

미래에 대한 두려움 때문에 안전을 갈구한 적이 있었다. 내 몸을 의탁했으며 그 안에서 살아남으려 몸부림쳤다. 세상에서 안전하게 살기 위해 질서를 지키며 그 안에서 살았다. 표준화된 삶이었다. 나도 다른 이들과 똑같이 살 것이라 다짐했다. 위험한 세상에서 위험한 일을 절대 하지 않으며 가진 것을 지키겠다는 대단한 결심을 하면 살았다.

커다란 착각이었다. 살아 있는 것 중에 똑같은 것이 있을까? 살아 있는 모든 것은 주관적이다. 모두가 다르다. 다른 것은 존중받아야 한다. 살아 있는 모든 것은 그것만의 우주를 가지고 있기 때문이다. 이제야 알게 되었다. 그렇다. '되었다'라는 표현이 맞겠다. 권투 선수의 잽 같은 가벼운 삶의 메시지는 모두 흘려보내고, 스트레이트 같은 묵직한 메시지를 제대로 한 방 맞고서야 다른 세상을 보게 되었으니. 삶이 나를 이렇게 이끌었다. 덕분에 과거와 다른 삶으로 한 발을 내디뎠다.

똑같은 삶을 벗어나 나의 영토를 만드는 일, 그것은 바로 나의 혼돈을 사랑하는 일이었다.

방석 위의 열흘

초판 1쇄 발행 2022년 9월 30일

지은이 최예신
펴낸이 서재필
책임편집 김현서

펴낸곳 마인드빌딩
출판등록 2018년 1월 11일 제395-2018-000009호
전화 02)3153-1330
이메일 mindbuilders@naver.com

ISBN 979-11-90015-92-9 (03810)

· 책값은 뒤표지에 있습니다.
· 잘못된 책은 구입하신 곳에서 바꿔드립니다.

마인드빌딩에서는 여러분의 투고 원고를 기다리고 있습니다. 출판하고 싶은 원고가 있는분은 mindbuilders@naver.com으로 기획 의도와 간단한 개요를 연락처와 함께 보내주시기 바랍니다.